小学館文庫

師匠、御乱心！

三遊亭円文

JN198018

装幀　鈴木成一デザイン室

文庫版『師匠、御乱心！』のまえがきに代えて

この度、『御乱心』が小学館より、文庫本『師匠、御乱心！』として再版されることになった。これは今から四十年以上前の昭和五十三（一九七八）年五月に当時の落語協会前会長だった三遊亭円生《さんゆうていえんしょう》が、古今亭志《ここんていし》ん朝《ちょう》、三遊亭円楽《えんらく》、立川談志《たてかわだんし》の若手幹部を連れて新団体「三遊協会」の設立を図り、なんと落語協会が、真っぷたつに分裂するという全く予想だにしなかった事件が起こった時のことを描いたものだ。

それは、円丈《えんじょう》が、苦節十三年やっとなんとか六人抜きで真打《しんうち》昇進を果たし、五十日間の円丈襲名披露興行も無事終わった途端の出来事だった。そして円丈は、師匠・円生に従って嫌々ながら三遊協会へ。

しかも席亭サイドは、席亭会議を開き、新しく出来た三遊協会とは、契約しないことになった。つまり、寄席《よせ》との契約を打ち切られた新協会は出る寄席がなくなった。なんと五十日間、真打披露興行で寄席を廻った円丈は、廻《まわ》り終わった日から、出る寄席がない。ウソ！　そんな話ってアリ？　念願の真打になってこれから寄席で大活躍

と思ったら、なんと円丈は、どこの寄席にも出られなくなっていた。ウソだろ？

ホントに円丈は不運な男だ。落語界三百年の歴史の中で真打の襲名披露翌日に、協会が分裂して寄席に出られなくなった噺家《はなしか》は、この円丈ぐらいなものだろうと思う。仮に寄席が一万年続いたとしても、もうこんなことは起こらないだろう。

三遊亭円丈

平成三十年正月　吉祥日

まえがき

昭和五十三年に落語協会分裂騒動が起こり、新聞、マスコミは一斉に大々的に、この事件を報道し、あれから八年たった。あの当時の事件の当事者達もかなり亡くなり、人々はあの事件をすっかり忘れてしまった。だが俺は、事件のことを何《い》時《つ》か書いておかなければと思っていた。

事件が起こり、再び落語協会に復帰するまでの暗かった一年半を！

あの事件当時のマスコミが報道したコトと渦中に巻き込まれた当事者の一人として感じたとてつもない大きな隔たりと！

一般の人の分裂騒動に対する認識と俺が知り得た全ての情報をもとにして得た認識が百八十度違う事実を！

ぜひ書かねばなるまいと思っていた。いや、あの事実を語らずに貝のように口を閉ざして死にたくないという執念のような気持だ。それ故、俺にとっては長編の四百枚の原稿をわずか二十日ばかりで書き上げてしまった。

本編に書いた九十五パーセントは事実だ。そして四パーセントはこまかい言い廻しや、構成順序でのわずかな違いだ。そして残る一パーセントにギャグを入れただけだ。

だからストーリーを面白くする為に尾ヒレをつけるとか、実在する人物以外に仮空の人物を登場させたりは一切していない。寄席《よせ》関係者は全員実名であり、一部それ以外に仮名が登場するぐらいだ。

あの協会分裂の時に本編で書かれたようなことが事実現実に起こり、その時俺が思った、これは、俺から見た協会分裂の百パーセントの真実なのだ。それ故、登場人物は一切敬称を略させていただいた。

なお、この原稿を書くに当たりこまかい資料収集、事実確認のつき合わせを弟《おとうと》弟子《でし》の円好《えんこう》君にしてもらった。

円好くん！　本が売れたら赤坂で一パイやろう！

という訳なんだけど。　まア、読んでみてちょうだい！

昭和六十一年一月

三遊亭円丈

師匠、御乱心！　目次

三遊亭円生一門図

一九七八（昭和五十三）年五月当時／（ ）内は現在名（二〇一八年現在）

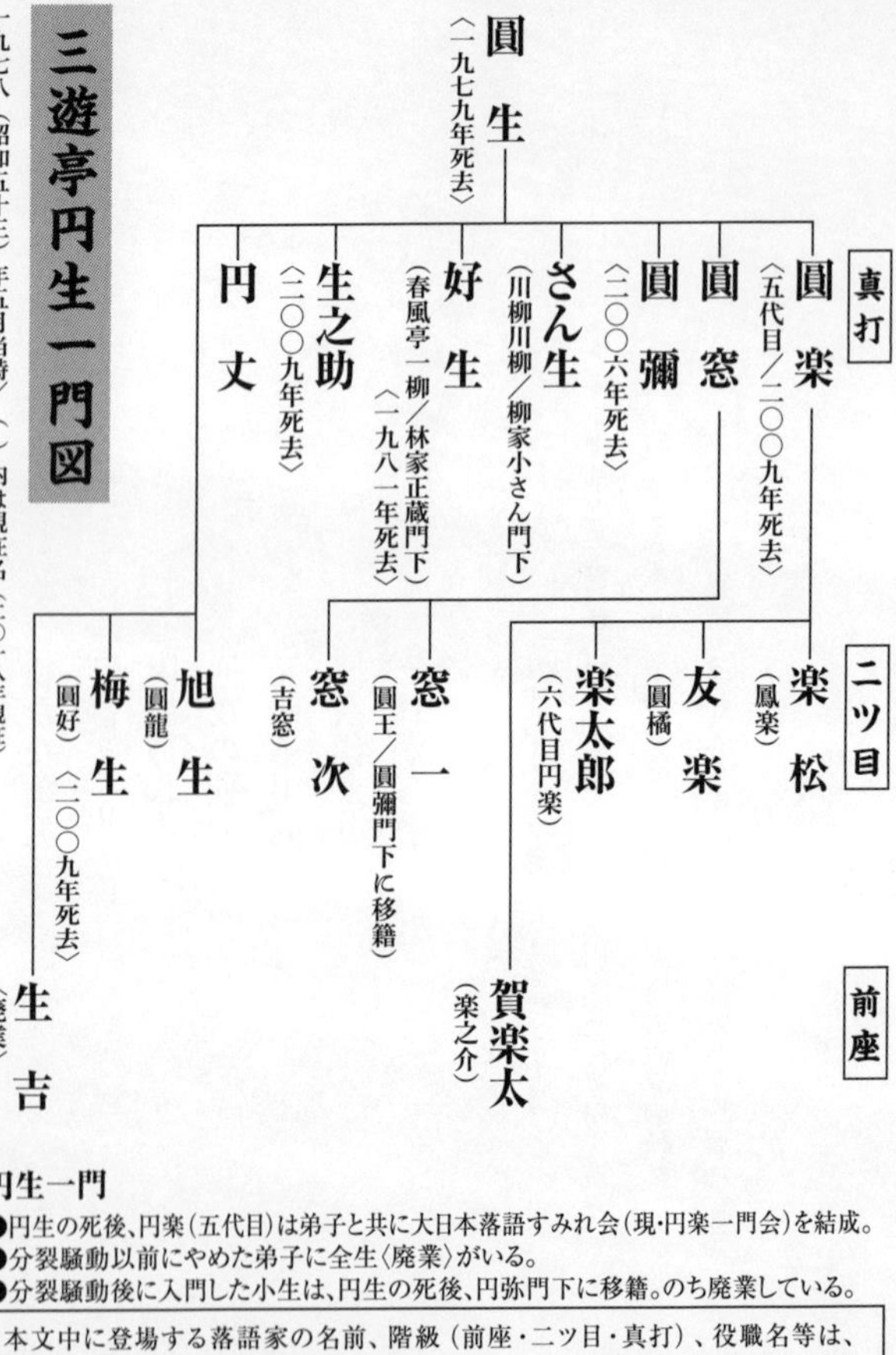

円生一門

●円生の死後、円楽（五代目）は弟子と共に大日本落語すみれ会（現・円楽一門会）を結成。
●分裂騒動以前にやめた弟子に全生〈廃業〉がいる。
●分裂騒動後に入門した小生は、円生の死後、円弥門下に移籍。のち廃業している。

本文中に登場する落語家の名前、階級（前座・二ツ目・真打）、役職名等は、1978年の落語協会分裂騒動当時のものです。また、名前の正式表記が旧字体の場合でも、本文では読みやすさの観点から新字体を使用しています。

円丈真打披露

一九七八年、落語界に志ん生《しょう》、文楽《ぶんらく》の巨匠は既になく、日は西の方へ傾きかけていた。最後に残った師円生《えんしょう》は、赤々と西の空に輝いていた。そんな年にあの落語協会分裂騒動が起こったのだった。

あの事件の起こる五十日前の三月二十一日、上野鈴本では、二人の男の真打《しんうち》襲名披露が行なわれていた。一人が柳家《やなぎや》小《こ》さん門下の柳亭金車《りゅうていきんしゃ》、もう一人が三遊亭《さんゆうてい》円生門下、ぬう生《しょう》改め円丈《えんじょう》、つまり、俺だった。

円生に入門して十四年目の春のことであった。実に苦節十三年。つい昨日までは、ぬう生と呼ばれていたのが、今日から突然円丈。

ぬう生も円丈も師円生がつけた名前だ。ぬう生という名前は、俺がただぬぅーとしてるからぬう生！　ほとんど発作的についた名前で、入門して十日程たったある日、

円生に呼ばれて、

「師匠、何ですか」と言うと、円生はニヤニヤしながら、

「お前に名前をつけた。ぬう生だ！」

「あのう、師匠、ヌウっていうのは裁縫の縫《ぬ》うという字でしょうか？」

「イヤ、ヒラガナでぬうだ」

「エッ、ヒラガナ！　漢字なしのぬう？」

「何だッ、お前はイヤなのかッ」

「イエイエ、とんでもありません」

「じゃ、ぬう生だ！」

「ハハッ、ありがとうございます」

ありがたくもなんともなかった。ヌウショウ！　まるで世間に向かって「私はバカでーす！」と公表してるみたいな名前でイヤだった。しかし、一カ月もすればすっかり馴染《なじ》み、半年もすると、ぬう生という名前に愛着を感じるようになった。

現在の円丈という名前は披露目《ひろめ》の始まる二月《ふたつき》程前に決まった。師匠に呼ばれて、

「師匠、真打も出来ればぬう生で行きたいと思うんですが、どうしても変えるんならぬう円というのはどうでしょう！」

「ヌーエン？　そんな中華料理店みたいな名前はダメだョ。あたしが考えておいた名

前が三つばかりある」

「どういう……」

「ウン、円駒というのはどうだ」

「エンコマですか、何か芸者みたいな名前ですねェ」

「じゃ、円兵衛か、円左衛門というのは」

「エンベエ？　エンザエモンですか？　何か、二人とも天保《てんぽう》四年の飢饉《ききん》の年に餓死しそうな名前ですねェ！」

「そうかァ……ウーン」と、円生は考え込んだ。どうやら真打名というのは、少しはこっちにも選ぶ権利があるようだ。

「ウーン、ウチも名前があるようでない。アトは、円筆だなァ」

「エンピツ、そりゃチョッと」

「イヤか。アト円左《えんさ》だ。三遊亭では円左というのは大きな名前だが、ただ代々円左になった奴は気が狂うんだ。円左になるか？」

「イヤ、他の名を」

「アッ、円丈というのがあったなァ」

「ア？　そりゃ、いい名前ですネ。大きな名前なんですか」

「こんなモノは大きくもなんともありゃしない。明治の中頃に一人、円丈になって、その後昭和の初め頃にも円丈になった奴がいたが、売れなくて三月《みつき》で他の名前にしたんだ」

「アノォ〜、師匠、それを継ぐと私は三代目というコトになりますか！」

「ナニ、そんな売れなかった奴を数に入れるコトはない。お前が初代だ！」

「じゃ、それでお願いします」

　こうして初代円丈になった。アトで聞いてみると噺家《はなしか》何代目というのはかなりいい加減で、売れない奴は数に入れないとか、四代目だけど四という字が良くないから、じゃ五代目とか、あまり当てにならないらしい。

　俺も売れないと、次に円丈を継いだ奴は初代になる。イヤァ、考えてみると恐ろしい。

　金車は三月二十一日、昼トリ※1をとり、俺は夜トリをとるコトになり、これより五十日間、この上野鈴本を振り出しに新宿末広、池袋演芸場、東宝名人会、浅草演芸ホールと各十日間ずつ賑々《にぎにぎ》しく廻ることになっていた。

　だが真打になった当時の俺の立場は、とてもそんなめでたいと喜んでいられるもんではなかった。年齢三十三才、俺には売れる気配のケすらなかった。

　世間的には全く無名の噺家だ。一体この日本で親戚を除いて何人俺の芸名を知っているというのだ。それを考えると俺は情けなかった。

十七才の頃、俺は噺家を志し、その時将来は必ず新作で勝負してやると決めた。俺を写真館の跡取りにしようとした両親を俺は一年がかりで噺家になると説得をした。その結果、半ば両親は、俺を写真屋にすることをあきらめて、写真屋は自分達一代限りと覚悟をし始めた。

今でもハッキリ覚えているのは、高校二年の冬、俺は、ＮＨＫで新作落語台本コンクールがあったので『宇宙人現わる』という、自分でもよくわからない台本を作り応募するコトにした時だった。

頭の禿《は》げた心配性の親父は名古屋弁で、「弘《ひろし》の作った落語を送るミャーに、イッペン聞かしてみゃァ」というので渋々やるコトにした。天井から吊《つ》るした六十ワットの裸電球の照らし出す寒々とした部屋の中で、心配そうな顔をした親父は火鉢の向こうへ背中を丸めてチョコンと正座した。その火鉢から一メートルぐらい離れたトコへあぐらをかき、台本を読み始めた。時々チラッチラッと親父の方を見たが、苦渋のカタマリのような顔をして視線を畳の方へ落とし、親父は、〝どうしてこんな子が出来てまったんだろ！　えりゃァコトになってまったニャ〜ッ〟という顔をしてタメ息をついてた。

その時ＮＨＫに送った台本は、結局佳作にも選ばれなかった。だがその年優勝した台本は『鬼の居ぬ間の洗濯』という落語で、そりゃひどいもんだった。あれより、俺の方が数段上だと思った。しかし、後でよく考えてみれば優勝がヒドイ台本なんだから佳作にも入らなかった俺の落語は、更にシッチャカメッチャカだったんだろう。あの時の親父の顔は、今でも頭に焼きついて離れない。

その頃、俺は自分なりの予測をもとに噺家としての計画を立てた。

一、柳家金語楼《きんごろう》の流れを汲《く》む芸術協会の新作は、もはや時代遅れで通用しない。もっと別な新しい形の新作を作るコト！

一、新作にも絶対芸の基本が必要なので、芸のシッカリした円生へ入門するコト。

一、現在は古典が全盛期だが、多分十年もしたら、上の方の古典の大御所がほとんど亡くなり、何らかの転換期が来るだろうから、その時こそ必ず新作をやる自分にチャンスが到来するはずである。しかも過去売れた芸能人を見ると三十才ぐらいまでに世に出てる。これから一、二年後に噺家になり、十年先に転換期が来れば、丁度三十才で売れてピッタリ合う！

ざっとこんなトコロだ。それから十数年の歳月が流れたが、時代は何も変わりはしなかった。相変わらず落語といえば古典落語が全盛で、何一つ変わってはいなかった。俺も一応新作は二、三十本作ったが、一部の支持者を除いて誰も見向きもしなかった。しかも最初に立てた目標を三年もオーバーしてるのに！

俺だって一応会長小さんの推薦があって六人抜いて真打になった。八年程前の兄弟《あにで》子《し》、円窓《えんそう》が真打になった頃までは、認められて真打になれば、その人の為にレールが用意され、そのレールに乗っかればよかった。だが俺の頃からは、真打の人数も増え、限られた寄席《よせ》の本数の中に大勢の真打！　新しく真打になる者の為にレールを用意するだけの余力は落語協会には既になかった。

俺は、世間に売り出すより前に、あいつは面白いと席亭に認めさせ、上の真打の一人を引きずり降ろし、自分自身で這《は》い上がって一年中とにかく寄席の高座に上がれるというレールを自分で作らなければいけなかった。どうしたらテレビに出られるかなどはその先の問題なのだ。

いずれにしろ、ここ一、二年が俺の正念場だ。もう計画は三年も遅れている。モタモタしてると四十だ。昔は五十過ぎてから売れる噺家もいたが、今の時代は売れるギリギリの年齢は、せいぜい三十五までだと思う。

その時期を外したら浪曲師の広沢《ひろさわ》瓢《ひょう》右衛門《えもん》のように八十才になるまで待つしかない。だが七十九才で死んだらどうする。芸人には売り出す時期がある。俺に残されたタイムリミットはアト二年！　それまでに売り出さなければ、俺はもう死んでいる！

そんなことを考えながら上野広小路を歩いていると、もう鈴本の前まで来てた。幹部連中と並んで披露口上の時間が仲入り後の八時。そして一席やるのが最後の九時。

でも今日は披露目の初日というコトもあり、五時少し前の楽屋入りだ。寄席の表には、〝三遊亭円丈賛江〟と染めた幟《のぼり》が立ち、その幟の下を通って中へ入った。

入口の受付にいた富田支配人に低姿勢で、

「おはようございます！　十日間よろしくお願いします」と頭を下げると、ニコニコしながら支配人が、

「このたびはおめでとうございます。こちらこそよろしく」と挨拶してくれた。その横にいた従業員のオバちゃんもニコニコしながら、「おめでとうございます」と丁寧に挨拶されたので、こっちも負けじと低姿勢で、

「ひとつ、ニコニコ、よろしくニコ、お願いします！　ニコニコッ」とお辞儀した。

この鈴本は、寄席が二階になっていて一階は通路のみ。その両側に〝金車さん江〟〝円丈さん江〟という花輪が交互にズラーッと並んでいた。

すると支配人は、ニコニコしながら、

「ナカナカ立派な披露目だね」と言ったので、

「ニコニコ、ありがとうございます。ニコニコニコニコ」と挨拶した。自分の名前の書いてある花輪が並んでいる所を通るのは、悪い気持ではなかった。

また別な従業員がニコニコしながら、

「真打おめでとうございます！」と言うので、

「ニコニコ、よろしくニコニコお願いニコニコします！　ニッカ」と挨拶！

そこで俺は決意した。この披露目の五十日間はなるべく低姿勢でなるべく笑顔の全方位ニコニコペコペコ外交で行くぞォッ！　出発ーッ、それから売店のおばちゃんにニコニコ、鈴本の事務所でニコニコ、社長室へ行ってニコニコ！　掃除のおじさんにニコニコ！　それぞれ相手もみんなニコニコと挨拶してくれた。でも俺は心の中で気持を引き締めた。

「イヤ、みんながニコニコしてるから歓迎されてるなんて甘く考えちゃイカンぞ！　ことによると今日あいつが、いくら祝儀を出すんだろうと思ってニコニコしてるかも知れん！」なんて下らないコトを考えながら三階の楽屋に向かった。

しかし、この全方位ニコニコ作戦がいつまで続くか心配だった。元来愛嬌《あいきょう》のある方ではない。前の名前だって、ただぬぅーとしてるからぬう生になったぐらいで、あまり作り笑いは出来るタイプの芸人じゃなかった。現にさっき事務所で少し長めに作り笑いしてたら顔が引きつってきて、あわてて顔を撫《な》でてもう一回作り笑いをしたぐらいで、前途多難を思わせた。とにかく出来るトコまでやってみよう。

そう決意して楽屋のドアを開けると、向こうの方から前座が二、三人俺を認めて飛んで来た。

「どうも師匠、ごくろうさまです！」

「師匠、おはようございます！」

「イヤ、あんまり師匠なんて言わなくていいからさァ、とにかくよろしくお願いします」

とテレながら言った。昨日までは前座は、俺のコトを兄《アニ》さんと言ったのが今日から師匠、悪い気持のモンではなかった。その後ろにいた※2立前座《たてぜんざ》の菊弥《きくや》が、

「円丈師匠、私が五十日間ズーッと一緒について廻るコトになりましたのでよろしくお願いします！」と言ったので、

「アッ、そう、アナタがついてくれるの、うれしいねェ。いろいろ迷惑かけるかも知れないけどよろしくお願いします」

その後ろから、

「アニさん、ごくろうさま」

「アッ、どうも」と挨拶を交わしたのが、弟弟子の梅生《ばいしょう》だった。彼が今度五十日間、財務次官をやってくれるコトになった。

この財務次官というのは何かと言えば――。とにかく真打の披露目というのは大変だ。まず上野鈴本を振り出しに新宿末広、池袋演芸場、東宝名人会、そして浅草演芸ホールを各十日間ずつ、合計五十日、その間は一切の仕事を断って師匠連には気を使い、楽屋には酒肴《しゅこう》を切らさず、前座には初日、中日《なかび》、楽《らく》と祝儀を切り、寄席がハネれ

ば二日に一度は後輩を連れて飲みに行き、その間の収入はパッタリとだえ、そして借金してガンバル。毎日見栄を張り続ける。もう、貧乏人サバイバル！

その間、祝儀とか、飲み屋の勘定、おつまみの代金などいちいち自分が払っていたのでは大変なので、そこで自分の一門の弟弟子に現金をまとめて預け、お金の管理をしてもらう。これを俺は勝手に財務次官と呼んだのだ。

そのコトで梅生と相談した後、楽屋の連中に挨拶をした。彼らは、鈴本の従業員のようにニコニコはしなかったが、それでも、

「アッ、弁当ありがとう、ごちそうさま」と言ってくれた。

五十日の真打披露の初日の日は、落語協会が興行を打ってる寄席の従業員、出演者の全員に弁当を配るコトになっていた。それに新宿の時は、末広の昼夜の出演者に同じく弁当を配るコトになっていた。なにかと金がかかる。それでも今度は、金車と二人でやったから弁当代も半分で済んで助かったのだ。

鈴本の楽屋はメインの十畳とサブの六畳の二間続きの部屋があり、十畳座敷の隅の方に座り机があり、そこは立前座がネタ帳をつけたり、各出演者のワリ※3を整理したりする為の前座用事務机だ。その部屋の中央には大きな四角いテーブルがあり、その周りに座布団《ざぶとん》がキチンと置かれ、ここに協会幹部クラスが座る。またこの楽屋の入口の側の壁の所にも五、六枚座布団があり、ここには、次にこのテーブルの周りに座る予

備軍、若手真打が座る。これがメインの楽屋。一方六畳の方にも壁の周りに座布団が並べられ、ここは主に漫才、曲芸等の色物《いろもの》、真打予備軍の二ツ目の楽屋になっている。そして前座は、この中にも入れずに、彼らは、高座の横の太鼓部屋※4で着換えをする。

この座布団の序列はあくまでも暗黙の了解のもとに出来上がった一大楽屋ヒエラルキーなのである。色物の人がメインの楽屋に座るコトはないのだ。そしてテーブルの周りに座れる者は生き続けて八十年とか、上が死んでやっと上がったという選ばれた幹部だけだ。与えられた特権なのであり、涙なくしては語れない栄光の座布団なのだ。

更にこのテーブルの座布団にも序列がある。正面の右側が会長または、会長経験者に限られ、左側が顧問。その対面《トイメン》が協会常任理事、座りにくい両端が平幹部と細分化されていた。もしこのテーブルの周りに座る前座がいれば袋叩《ふくろだた》きにあい、明くる日隅《すみ》田《だ》川に死体が上がるだろう。それ程序列の厳しい社会である。

そこで今日から真打になった俺は、ドコへ座ろうか、本来真打だから入口の壁に座ろうと思ったが、先輩の真打から、

「バカヤロー、十年早い！　俺はここへ座るのに八年待った」なんて言われそうだから、一応、当分はサブの色物、二ツ目の方にいた方が間違いないだろうと考え、六畳の座敷へ行こうとすると、立前座の菊弥に、

「あッ、師匠、高座の飾り物の配置を見ていただきたいのですが」と言われて、幕の

閉まっている高座へ行った。

　高座では五、六人の前座が忙しそうに働いていた。この飾り物というのは、芸人が、「俺は客からこんなにモノを貰《もら》ったぞ！」と見せびらかすセコイ風習なのだ。昔はこんなコトはしなかったが、誰か一人が始めてからやり出すようになった。俺の飾り物は、酒の入ってない四斗樽《だる》（中身はビンで貰った）、クス玉（単なる飾り、全く意味なし）、六万円のラジカセ㈱日立家電より貰う）、高座用座布団（テレビ局から）、帯三本（友人から）、一升ビン三本（誰だか覚えてない）、ヘラブナ用釣竿《つりざお》一式（柏《かしわ》の釣りの師匠より）とまァ、こんなトコロだ。最近の披露目から見ると少し淋《さび》しい方だろう。師円生は、この飾り物を極度に嫌っていた。

「別に乞食じゃないんだから、そんなに飾るコタァないんだ。実にけしからんモンで」と嘆いた。だからこの位で丁度いい。

　見ると高座の両サイドにきれいに飾りつけられていた。小さな帯は台の上にのっていたし、各品物の下には寄席文字で〝円丈さん江、×○より〟ときれいに書かれていたので、

「イヤァ、これで充分、いいねェ。ありがとう！」

「いいですか？」

「もう、カンペキ。凄い！」

すると後ろにいた梅生が、

「しかし、アニさん、釣竿もキチンと袋に入って違い棚にこうやって八本もズラーッと並ぶと結構立派ですネ」

「ウン、確かにそうだねェ」

すると菊弥が、

「師匠ねェ。こりゃイイですョ。今まで高座にステレオだのテレビだの飾った人はいましたけど、釣竿は初めてです。もう、これは落語史上初です！」

「落語史上初！ そお〜ッ、ヒッヒッヒ」と急にうれしくなってしまった。と考える俺も単純な男だ。

「ところで後ろ幕ですが、一応吊ってみたんですが」と菊弥は後ろ幕の方を指さした。

普段寄席の高座の後ろは、木の板の襖《ふすま》が並んでいるが、そこに縦二メートル、横六メートルの後ろ幕が吊ってある。もう十年程教えてる関東学院落語研究会から貰ったモノで、バックがあずき色で中央に大きく暴れのしがドーーン！ 見事なモンだった。暴れのしとは、よく祝儀袋の右上に書いてあるのがのし、そののしが暴れてる。ほとんど説明になっていないが、そういうモン。この後ろ幕を吊って両サイドに飾りモノをすると、高座から〝メデタイ〟という雰囲気が充分伝わって来る。

「うん、いいねェ。悪いけど、この下にあるのも見せてもらえる？」

「ハイ、わかりました」

　後ろ幕は、二枚貰ったのだ。アト一枚は早稲田《わせだ》の落研から贈られたもので、コレを重ねて吊る。パラッと上の幕が落ちると今度は早稲田の後ろ幕が出て来た。関東学院の幕に比べるとデザインが地味だ。焦げ茶の地に中央に大きく早稲田の校章！　何か予備校で落語をやってる雰囲気になって来る。学力では早稲田の方が上だが、後ろ幕では関東の勝ち！

「じゃ菊弥さん、休憩までは、この早稲田を使って、後半は関東の幕を使おう」

「ハイ！」


　夜の部が開演してから六畳の楽屋と太鼓部屋を行ったり来たりしてると、七時チョイ前になった。真打披露興行の時は、喰いつき[※5]で協会幹部と当人が並んで口上の挨拶をするコトになってる。今回は、円蔵《えんぞう》、円生、円楽《えんらく》の三人が口上を言う。

　俺が太鼓部屋で前座とお喋《しゃべ》りをしてると、少し背中の曲がった橘家《たちばなや》円蔵が楽屋入りした。それから俺は、丁寧に挨拶をすると橘家は、面白くねェという顔で、「ウン」と頷《うなず》いた。

　この円蔵という名前は、師円生が、六代目円生になる前の名前で、しかも実は円生の師匠が円蔵で、更に円生の父親も噺家で円蔵。円生は、橘家から三遊亭になり、円蔵は、桂《かつら》文楽の弟子で桂から橘家になった。実に難解にして不可思議な世界！ 早い話が名前もアッチャコッチャ動くというコトだ。

何故、彼が円蔵を継いだかといえば、昭和十八年、円生、志ん生の二人は満州に慰問に行き、昭和二十二年に帰って来たが、その留守の間に円生宅へ行き、なにかと夫人の手助けをしたので、

「かわいそうだからとうちゃん！ 円蔵って名前が余ってんだからおやりョ！」

「ウン、じゃやろう！」

という訳で円蔵の名前を継ぎ、円生の身内になった。

本来、この円蔵という名は、円生に匹敵する程大きな名前だが、この円蔵が一代で名前を小さくしたという噂《うわさ》がある。

もう年は七十二、三のおじいさんで趣味が小言！ とにかく前座にも弟子にもよく小言を言っていた。しかも小言を言う時は、相手の両肩を摑《つか》んでからミケンにシワを寄せて、

「あのね～ェ、お前、ダメだョ～ォ」と小言を言った。いったんこの細い腕で肩をガキッと摑まれたら最後、小言から絶対逃れるすべはない。必殺小言人。この頃はこの小言が、仲間にだけではない、寄席に来た客に向けられたコトもあった。自分が上がって全くウケなかったりすると、

「あのね～ェ、お客さん、ダメだョ、チャンと聞かなきゃ～ァ、こりゃ、イイ噺なんだから」

と、なんと客に小言を言う。恐れを知らない小言怪人、小言の無差別攻撃！　そして話す時は、必ず「アノネ～」と言うので、俺達は彼を〝あのねの円蔵〟と呼んでいた。

こんな小言好きの人も、円生にはまるっきり頭が上がらなかった。そんな二人が三、四年前に仕事で一緒に旅をして旅館に泊まり、朝二人で並んで洗面所で顔を洗っていた時、タマタマ円蔵の水が、円生の着物のスソへ跳ねた。するとサッと後ろへ下がった円生がマジになって思わず、

「無礼者ッ！」と一喝したというのである。

帰って来てから円蔵は、

「あのね～ェ、いくら何でも無礼者はないヨォ。オレは、円生サンの家来じゃないんだから」

と、しきりにこぼしていた。師円生は、円蔵の天敵だったのだ。ただ俺も小言には弱い方なので、どちらかといえば橘家はニガ手とする噺家のタイプだ。

七時十分頃、続いて兄弟子の円楽が楽屋に入ってきた。一メートル八十センチの長身には、どこか人を圧倒する威圧感があった。

「おはようございます」

「ごくろうさまでございます」と前座、二ツ目は、一斉に挨拶をした。彼はテーブルの端の方へドッカリと座った。彼は、円生の弟子の中で唯一人の幹部なのだ。座ったのを見届けてから、俺はおもむろに、

「この十日間よろしくお願いします」と頭を下げると兄弟子円楽は、ニコやかに、

「いや、ぬうちゃん、おめでとう。こちらこそよろしく」と言った。

それからサブの楽屋に戻り、ぼんやりと円楽を見ていた。

正直に言えば、俺はこの円楽が内心あまり好きではなかった。そう、嫌いだったのだ。この嫌いという意味はテメェー、コノヤローといった敵対心の嫌いではなく、それは、この人に対する恐怖心がもたらす本能的な嫌悪感からの嫌いだった。

※1 トリ　昼の部、夜の部それぞれ最後に高座に上がることを、トリをとるという。寄席の世界ではトリをとることは大変名誉なこととされている。
※2 立前座　前座の中でも一番古い者が務める楽屋の総責任者のこと。出演順の決定、前座の役割分担（雑務）などをすべて決める。

※3　ワリ　寄席へ出た時のギャラのこと。客の入りによって決まり、落語協会は二日に一度、芸術協会は五日に一度配られる。

※4　太鼓部屋　寄席の高座の横にお囃子《はやし》や太鼓が置いてあり、前座のたまり場となっているが、これを太鼓部屋という。

※5　喰いつき　寄席では、仲入りと称する休憩があり、その休憩の後すぐ出る出番のことを喰いつき、という。

円楽の祝儀

俺には、入門以来ある強迫観念にも似た不安感がいつもつきまとっていた。それは、いつかこの円楽が、俺の人生に突然、入り込んで来て俺をメチャクチャにしてしまうのではないかというコトだ。冷静に考えればありそうもない全くバカげた幻影に怯《おび》えているのだ。

しかし落語協会がやがて分裂し、後になって考えた時、実はあの俺を怯えさせた幻影の半分は事実となって現われたのではないのかと思うようになった。

円生一門の中で彼と他の弟子とは、円生の扱いが全く違った。円生も彼が家に来ると、「エッ、誰が来たんだ。ア〜、円楽サンか、ウンウン」と必ずサンづけで呼んだ。他の弟子は、円窓！　円弥《えんや》！　と呼び捨て。円楽と三月しか入門の違わないさん生《しょう》は、師にハマっていず、

「何だ、さん公か！」と呼ばれ、七番目の弟子の俺に至っては、
「ぬうーや、ぬうー」もうまるで犬みたい！

とにかく円楽一人が別格で、円生も彼には全幅の信頼を寄せていた。円生一門での一番弟子円楽のポジションは、弟子という存在をはるかに超越し、円生の参謀兼相談役というところだった。だから師の応接間のソファに座る時も、円生と円楽は並んで座り、こっち側のソファに円窓、円弥、好生《こうしょう》といった連中が座り、補助のイスに生之《しょうの》助《すけ》、さん生あたりが座るので、俺とか梅生、旭生《きょくしょう》はいつも絨毯《じゅうたん》にペタッと座り、もう横に置いてある植木みたいなもんだった。

こっち側から円生、円楽を見ると、師匠が二人いるように思えた。円生は、二人の芸人の内、どっちを選ぼうか迷ったりすると、必ず彼に相談をした。すると一種カリスマ的な雰囲気を漂わせた彼は、円生の目をジィと見て即座に、「師匠、それはいけません」と断言してしまう。円生は、大きく頷き、その通りにしてしまう。

しかも円生は、百パーセント彼の言葉なら信用した。本当に彼は怖い人だと思う。いつも円楽を見る時、その陰に円生がオーバーラップして見えて来る。また、どうやらそういうふうに見えるように自分を演出しているフシも見られた。だから俺は決して彼に近づこうとしなかった。俺はいつも充分に距離をとり、遠くから彼を観察していた。

それに俺と円楽とは、水と油、絶対に相《あい》容《い》れなかった。彼は、野心家で激情しやす

く信念の人で、どんな場合も自分が絶対正しいと信じるコトの出来る人間だ。十年間彼を見て来た結果、彼の性格を一口で言えば心理学的には、新興宗教の教祖にありがちなヒステリー性性格のようだ。


それに彼の意見は、二年周期でコロコロ変わる。まだ前座の頃、末広の楽屋に丁度人気が出て来た立川談志《たてかわだんし》が、高座から降りて来て前座に急がせて着物をたたませ、

「ア〜、忙しい忙しい。もう忙しくってしゃねェや〜ァ」とあたふたと出て行った。

その時はまだ売れてなかった円楽は、帰り際に俺に、

「ぬうちゃん。あの談志みたいに古典とマスコミ両方やろうったって無理なんだ。二兎《にと》を追う者一兎をも得ずだ。見ててごらん、奴は必ずダメになる」とキッパリ言い切った。

そして一、二年後に今度は円楽が売れ出し、三年ぐらいたってお歳暮に行った時彼は、

「ぬうちゃんね。芸人で売れない奴はダメなんだ。売れないコトは悪なんだ。ウン、テレビにどんどん出なきゃダメだ。それに落語の方もチャンとケイコしてりゃ大丈夫なんだ！　現にあたしは、そうしてる！」と百八十度意見が逆になってしまい、一体、この人、どーゆー性格してるんだろうと頭を抱えてしまったコトがある。


芸人円楽を最大限に讃《たた》えれば、彼は、素晴しい名スタンド・プレイヤーだ。


だがここ二、三カ月で、彼に対する俺の見方はやや違って来た。今年に入り、師匠に、

「今度お前は、いろいろ世話になるんだから円楽サンの所へ挨拶に行っといで」と言

われたので、普段は年二回、盆、暮れの挨拶にしか行かないのが、今年はもう今まで五、六回は竹ノ塚へ行ったが、行けばアレコレと親切にしてくれたし、いろんな話もしてくれた。俺は、「イヤ、これは俺が思ってる程悪い人じゃないぞ」と考え始めた。

そして彼に対する見方を少し改めた最大の理由は、真打の祝儀に二十万円くれたコトだ。俺もセコイ！　どうやら俺の泣き所は金に弱いという点にあるようだ。仮に祝儀のランクづけをすれば五十万大恩人、二十万とってもイイ人、十万イイ人、五万好ましい人、三万以下印象に残らずと、こうなる。金は何かを物語る。

そういう意味では、円楽の二十万円は実に立派だ。もちろん、その二十万円をくれた裏も考えてみた。今の内に手なずけておこうとか、将来もし、売れた時に何らかの発言力を残しておく為のカケ捨ての保険にかけるようなつもりとか、また純粋に弟弟子だから可愛いとか、あったのかも知れない。実際はそれらや、他の要因が足し算され、引き算された全体の金額に彼の収入を示す収入定数Xをかけた結果、答えとして二十万という数字がハジキ出されたのだろう。それは打算にせよ、純粋な気持にせよ、俺の潜在能力とか、俺自身の存在に二十万の価値があると踏んで出したのだ。ある意味で俺は彼から認められたコトになる。人は誰でも他人から認められればうれしい。だから俺も彼から二十万円の価値があると認められてうれしかった。とにかく祝儀の点だけから彼を見れば、絶対にいい人なのだ。

ボンヤリとそんなコトを楽屋で考えてるとテンテンテンドンドンと太鼓が鳴って、高座から兄弟子の円窓が降りて来た。

「アニさん、どうもおつかれさまでした」

「アー、ありがとう」と返事をした。

円窓は噺家にしては、珍しくマジメで堅物だった。それは彼の実家が鉄工所のせいじゃないかと言われてる！

前座の頃、円窓宅へ旭生、楽松《らくまつ》（鳳楽《ほうらく》）と集まり、四人で毎月ケイコ会をやった。どこかで噺を覚えてきてそれを皆の前で演《や》り、ああした方がこうした方がと言い合う。大変勉強になった。俺は円窓を慕っていた。だから二ッ目の頃は、もし師円生の身に万一のコトがあれば、円窓の弟子にしてもらおう、間違っても円楽はイヤだと心に秘かに誓っていた。

彼は円生の六番目の弟子で俺のスグ上の兄弟子に当たるが、割と早くからその才能を認められていたので、兄弟子のさん生、好生、生之助、円弥を飛び越して先に真打になった。飛び越された四人は、きっと面白くなかったに違いない。そのセイか、円窓とこの四人は仲が悪いのだ。四人が集まると必ず、

「あの円窓の奴がねェ。……なんだョ」

「エッ、アイツが！」

なんて話になった。彼等が言うには、円窓は、傲慢《ごうまん》で自分勝手でアンフェアだというのだ。弟子の俺から見ると何か、四人が男のくせにウジウジしてるとしか映らなかったが――。

この四人の中で一番下の円弥が、三人を抜いて真打になり、結局さん生、好生、生之助の三人は、十人ずつの大量真打に廻されてしまったのだ。

だが、この大量真打に円生は、真打の粗製濫造《らんぞう》であるとして最後まで反対の立場を貫いたのだ。

それ故にこの三人の真打披露宴にも欠席し、代りに夫人を出席させた。また、三人に、「あたしが真打として認めるまではダメだ」という理由で改名すら許可しなかった。

そして三人の披露口上にはただの一日も出なかった。一度好生が、一日でもいいので口上に出て欲しいと言ったところ、

「あたしゃ、大量真打は真打として認めておりゃせんので出られやせん！」とキッパリと断った。そこまで筋を通すのは本当に立派なことだと思う。

しかし俺が円生の立場なら、

「こりゃ、内緒でゲスよ！」と言って出ただろう。自分を慕って弟子になった者が、たとえ一日でもいいからと目の前で哀願してる姿を見て、どうして断れよう。

それでは出来の悪い我が子に、「お前はダメだから死ねッ！」と言ってるようなも

のだ。円生は、自分の筋を通す為に一切の妥協をしなかった。それ故に一部の人に、「あの人は冷たい人だ」と言われていたのも事実だ。

この三人の内でぜひふれておかねばならないのがさん生だろう。円楽とはわずか三カ月違いの二番弟子。実はさん生が、円楽より先に一時売れたことがあった。

彼は二ツ目になるや、新作に転向し、連日、客席を沸かせていた。そんな彼がキラキラ輝き出した頃に、柳家小さんは彼を認めて円生に言った。

「お宅のさん生は面白い。私が推薦するからソロソロ真打にさせては」

円生は即座に、

「イヤ、ありゃ、いけやせん。落語じゃない。あれは色物の芸です。あたしは、色物を真打にさせる気はありゃせん！」と断った。

もし、あの時に円生がウンと言ってれば、円生一門で最初の真打はさん生となり、円楽ではなくさん生が協会の幹部になり、多分、一門の様相も違って来たことだろう。

しかし現実は、一番先に真打になれたはずのさん生は、大量真打の方へ廻されてしまった。結局真打の基準も見る人によって違ってくるということだ。

それ以後、彼の真打の話はプッツとときれた。その主な原因は酒。酒癖が悪かった。

かつて一度、さん生、好生、円丈で酒を飲んでいたが、あまりの酒癖の悪さに手を焼いてタクシーを止め、彼を放り込んだ瞬間、突然、好生が走り出した。俺もつられて一緒に逃げた。角を曲がってから歩き出した。そこで好生に聞いた。

「アニさん、どうして駆け出したんです」

「イヤネ。前も一度酔っ払ったさんちゃんをタクシーに乗せたら、しばらくしてタクシーが追っかけて来て、〝こんなタチの悪い酔っ払いを乗せるな！〟って怒られたコトがある！」

それ程、彼は酒癖が悪い。楽屋でも迷惑をかけたし、俺は酔って上がったさん生を高座から引きずり降ろしたことがあるぐらいだ。よく彼は酔っ払って楽屋でも迷惑をかけたが、その割に嫌われることもなく、「さん生じゃしょうがねェ」という雰囲気があったが、同時にまた、酒が真打を遠ざけたことも事実だ。

それに一門で彼程、逸話の多い男はいない。前座の頃、円生宅で留守番の時、横になったついでにテレビも横にして見ていたとか、円生の机の上にフンドシを置いたとか。

一度は酔っ払って玄関にウンコをした。次の日夫人から、

「お前だろ、玄関にウンコしたのは」

「イエ、きっと犬がしたんですョ！」

「バカッ、犬が紙で拭くか」と怒られた。

兄弟弟子は、こういう彼が好きで、失敗するとみんなでかばいもした。

しかし、円生から見れば玄関にクソをする弟子を喜ぶはずもなく、また、人一倍何事によらずキッチリした事を好む円生に彼のような性格は合うはずもなく、嫌われていた。

円生登場

　七時二十分頃になって円生が楽屋入りした。

「ごくろうさまでございます」

「おはようございます！」の前座の声に送られて、例のテーブルの正面、上座に黒紋付の袴《はかま》姿の円生は、歌舞伎役者のようにスーッと座った。楽屋にいた人間の頭は、いっせいにテーブル正面、上座に向かって下がった。楽屋には、一瞬ピーンと張りつめた空気が漂った。

　全員が頭を下げ終わった後、俺は改めて師に、

「師匠、今日からよろしくお願いいたします」

「円丈か、アーしっかりおやり」

「ハハーッ」

師円生は、俺のことを円丈と呼んでくれた。昨日まではぬうだったのに今日から円丈、師が俺を一人前の噺家として認めてくれ、うれしかった。

俺は、サブの楽屋の方に戻って梅生と世間話をしてると、幹部のテーブルの方から突然、円楽の豪快な「グァハハハハッハッ」という笑い声が楽屋中に響き渡った。いつに変わらぬ凄い笑い方だ。みんなと一緒に笑っても、彼だけ頭抜けた大声で笑う！　以前テレビの企画でらかんという、冬でもパンツ一枚で旗を持って大笑いするおじいさんがいた。つまり笑うプロフェッショナル！　このらかんと円楽のどっちが笑い続けられるかというのを対決させたが、なんと円楽の圧倒的勝利だった。それ程彼の笑いは強力な破壊力を持っているのだ。

円楽は、星企画という自分のプロダクションを持っているが、自分以外の所属するタレントは、ほとんどが自分の弟子。この一族が楽屋を占領しているような時は、まず円楽が、「グァハハハ」と笑うとマネジャーをはじめ、弟子達も一緒に大声で、「グァハハハ」と笑うのだ。

だが横にいる俺達は、大して面白いコトでもないので笑わない。円楽グループだけが大笑いをして他はシーン！　俺達は、これを〝星企画笑い〟と呼んだ。それは冷静に見ると実に異様な光景だった。

七時半を廻るとなんとなく落ち着かなくなり、立ち上がって洋服を脱ぎ始めると、前座の一人がサーッと俺の楽屋に置いてる着物を持って傍に寄って来た。それを見た師は、「円丈、そんなトコで着換えないでコッチでお着換え！」と例の若手真打の指定席の方を指さしたが、出過ぎ者と言われないように、

「いえ、師匠ここで充分です」と辞退した。

口上は必ず黒紋付と袴だが、この日の為に新調したモノだ。円生は、弟子入りする時に保証金として五万円とるコトにしていた。

そして真打になる時にその五万が紋付上下になって返ってくる習わしだ。しかし、五万で紋付が買える訳もなく、それに二十万か三十万を足して上下の紋付を作る。俺の場合はその他にも夫人から、

「これ、とうちゃんに内緒だよ」といって着物を二枚程貰った。

着物を着て、いよいよ袴をはくことになったが、どうもこの袴というのが嫌いだ。一年に一度元旦の日だけは、袴をはいて年始廻りをするコトになってるが、普段はいてないから様《さま》にならないし、階段を昇る時は、自分の袴の裾を踏んづけて転びそうになるし、何よりもイヤなのは、これでトイレに入って小便をする時だ。中からチンチンを引っ張り出そうと思ってもなかなか出て来ない。急いでる時はもらしそうになる。俺のが平均より短いせいもあるだろうが、とにかく極めて困難を伴う作業だ。しかも出してする時には裾に小便をヒッカけないように細心の注意がいる。それでも時々ひっかける。

着換えが終わった頃、今度は幹部連中が着換え始めた。俺がメインの楽屋へ行くと、俺の姿を見た円生が小言を言った。

「円丈、何だ、お前の袴の着方はセコイねェ。おい円窓！　はかしてやんな！」

そこでもう一度脱いで着せてもらう。こうなるとオシメを取り換えてもらう赤ん坊のようで情けなかった。すると楽屋にカン高い声で、

〽お仲ァ入りィ～ッという前座の声が響いて、寄席は十五分間の休憩に入った。そして休んだ後は、いよいよ披露口上になる。

幕の開く三分前、四人は真っ赤なヒモウセンの上に並んだ。向かって左側から口上の司会役をする円楽、円生、円丈、円蔵の順に並んだのだった。

ビィ～～～イッ！　開演を知らせるブザーが鳴り終わった。

テテンガテンテンテンテンという重々しい片シャギリという太鼓に合わせて、ピィピィーッと能カンという高い笛の音。三味線と太鼓にはないピリッと締まった雰囲気に包まれて来る。

四人は自分の前に扇子を置いて頭を下げる。俺は、師匠連の頭の高さを見てそれより少し低めにしようと円生、円楽の高さより、やや低く頭を下げ、橘家を見て驚いた。円蔵はまるでアラーの神に拝むように頭も手もペターッと床につけてる。俺は、彼より低くは頭を下げられない。アトは床板をはがして頭を突っ込む以外にないのだ。困

った俺は、とにかく橘家に近い位置まで頭を下げると、隣にいた師が、

「円丈、そんなに頭を下げることはないんだ。もう少し頭を上げな！」

「ハイ」と円生、円楽の線まで頭の位置を上げた。すると必然的に床に張りつく円蔵の姿が円生の目に飛び込んで来た。円生は、

「おい、円蔵、円蔵！　そんな床に張りついて、カエルが車にひかれたんじゃないんだ」と小言を言い出した時には、もう既に幕が上がり始めていた。尚も円生は小言を言った。

「おい、円蔵、みっともないから、もっと頭を上げな。円蔵、おい、円蔵！」

　幕はほとんど上がり切ってた。それでも尚、「円蔵、円蔵！」と小言を言い続けた。

テンテンテンテンテンテン、チョンチョン！　〽東西ィ〜ッ、東《とう》ゥ〜、西《ざい》ィ〜ッと前座の声が鳴り響いた。すると円楽が、

「演芸半ばではございますが、これより、ぬう生改め円丈の真打披露口上を申し上げます。この度、この円丈が落語協会の幹部並びにお席亭のご推薦によりましてめでたく真打の運びとなりました。

　何にいたしましてもまだ真打になったばかりでございます。この円丈が最後のトリに上がりましても席をお立ちになりませんように。当人は大変に動揺いたします。先日もある男の真打の披露目の時、最後にその男が高座に上がりましたら、一人のお客さんがお帰りになり、何かあの方に不幸がなければいいがと思っておりましたら案の

定、その広小路の前で車にひかれましたが、どうか、そんなコトのないように、最後までこの円丈をよろしくご贔屓《ひいき》にお願い申し上げます。

　エー、引き続きまして落語協会の幹部、橘家円蔵より、口上を申し上げます」

「エ……でございまして、……でございます。………ですので、………でございます。………どうか………ございます」

　ほとんど声が小さくて何を言ってるか聞きとれない。しかし、披露口上って変なもんだ。真打になる当人は、頭を下げっ放し。もう、人民裁判みたい。

「エー、それでは当人の師匠、円生より、口上を申し上げます」

「エー、これが真打になるコトは、おととしより、決まっておりまして、私の方にはいまにコレはなんとかなるという見込みがございます。この頃は見込みのない者をむやみに真打にいたします！　当人も努力はいたすでございましょうが、何と申しましてもお客様のご贔屓、お引き立てが肝心でございます。高い所からではございますが、よろしくお願い申し上げます」

　チョーン、チョンと木枯※1、テテンガテンテンテンと幕が降りた。私は即座に三人にお礼を言った。終わってみればアッケないもんだった。しかし、自分で口上をやってみて不満に思ったコトは、三人が誉《ほ》めてくれるのは嬉《うれ》しいが、ズーッと頭を下げっ放しなので客に俺の顔がわからない。これじゃ、俺が最後に高座に上がった時に客が俺を見て、「あッ、こいつだったのか」と初めて気がつくことになる。それじゃ昔のお見合い結婚だ。どうも納得がいかないので円窓に話したら、

「エッ、ぬうちゃん、一度も顔を客に見せなかったの？　そりゃ、まずいョ。いいかい、一番最後に師匠が〝今後ともこの円丈をご贔屓に〟って言って全員で頭を下げるだろ。あの前に一瞬の間《ま》があくだろ。その一瞬のスキを盗んで一度バーッと顔を上げて客に見せてから改めてお辞儀をする！　それから師匠連が挨拶してる間も少し頭を上げ気味にお辞儀をし、顔の輪郭ぐらいは客からわかるようにしておく、しかも頭の高さは各師匠より上げない、その為背中を低くして、頭の角度はやや上向きに頭を上げるようにする！」

イヤァ、知らなかった。とにかく難しいものなんだ。

口上の後、困ったコトが起きた。師円生が、自分の高座を降りたのに帰らないのだ。普通自分の師匠がトリでもとらない限り、終わった順にドンドン帰るモンだが、ところが円生が帰らないので円蔵も帰らない、円楽も帰らない、色物も帰らないし、それ以下も全員帰らない。俺は心の中で、

「チクショウ、全員で俺の落語を聞いて笑いモノにする気だな。ホントもう！」と思った。師匠は最後まで残ってる気なんだ。師匠が自分の弟子の為に残るなんて、ホントにありがたいコトなのだ。もうありがたすぎて大迷惑！　何が演《や》りにくいって師匠に横で聞かれる程演りにくいものはない！　第一、弟子が高座でやってる時、楽屋のソデから

弟子の芸を見るトキの円生の目は、良い所を見つけて誉めてやろうという目じゃない。少しでもアラを探して難クセをつけようという目だ。大抵、高座から降りてくると、「何だ、お前のアレは、バカセコだね」と小言だ。確かに勉強にはなるが、健康には良くない。

しかし、俺も男だ。こうなりゃ、満場の客を、笑いの渦に巻き込んでやるぞと意気込んだ。

テンテン、チンツンツンツンとトリをとった者が上がる時鳴る出囃子《でばやし》〝中の舞〟という曲が流れ出した。意を決して楽屋の一同に、

「勉強させていただきます」と一礼し、高座の方へ向かうと、なんと俺の後から円生、円楽もついて来た。すると当然残りの楽屋の連中もその後からゾロゾロとついてきて、高座のソデに全員集合した。円生は、

「まァ、ガンバンなヨ！」

「ありがとうございます」

そして円楽は、

「ぬうちゃん、落ち着いて」

これが落ち着く雰囲気か！　みんなで俺を潰す気か！　もう、プレッシャーの塊。出征兵士を見送るの図。

「それでは」ともう一度全員に一礼して高座に足を踏み出し、高座の襖を自分で閉めた瞬間、心臓がドキドキドキドキドキッ。俺は不思議と今まで落語をやってあがったコトがなかった。今、ドキドキしてるのは、真打になって初めての高座とか、客に対してではない。これ程大勢の同業者が俺の芸を見ているというコトだ。

「もう、どうにでもなれ!」と飛び出して座布団に辿《たど》りつき、話を始めた。客席は立見も出てよく入っていたが、雰囲気がドドーッと重い。客は芸なんてあまりわからないが、今上がってる芸人が、不安がってるか、自信満々かを本能的に察する動物的勘みたいなものにスグれている。俺が不安でプレッシャーを感じていると、客も、「こいつ、大丈夫か？　おい」と不安になってくるものだ。このドドーッと重い雰囲気は、俺の心の投影なのだ。不安があって高座に上がれば客は笑わない!　また、自信に満ちて上がれば少々下手でも笑ってくれる。

高座に上がって四、五分たつが、相変わらず客は暗い。チラッと横を見ると円生、円楽が目を皿のようにしてこっちを見てる。合計皿が四枚!　その横に更に四枚、こっちに六枚、向こうに八枚!　合計三十枚ぐらいの皿がこっちをジィーッ。ワァーッ。

それから三十分『三人旅』という古典落語をやる。いつものウケ方の半分。熱演につぐ大熱演。もうこうなりゃ声の大きさで勝負!　ギャグはそれるワ、声は上《うわ》ずる。もう、ムチャクチャ!　一席終わった時は、体中汗びっしょり。幕が閉まるまで、

「ありがとうございました。ありがとうございます」と頭を下げながら客席を見ていたが、客は、「納得して帰りたかったけど納得できなかった。でも納得するしかしょうがねェ」という、かなり屈折した表情で出て行った。

とにかく終わったのだ。それから俺は楽屋で、お辞儀人形みたいに方々にお辞儀をして廻った。するとニガ虫が体中に張りついたみたいな顔をして円生が俺を陰に呼んで、

「アリャ、誰の〝三人旅〟だい。そりゃいいけど、足の悪い馬に乗って揺られる時に、お前のは揺れ方が大きすぎる。アレじゃ馬から落っこっちまう！」と言った。俺は師に、

「師匠、そりゃ確かに本当に足の悪い馬に乗ってあんなに揺れれば馬から落ちるかも知れませんが、落語に誇張はつきものですョ」と言おうと思ったが、根がリコウなので逆らわず、「ありがとうございます」と頭を下げた。全くよく頭を下げる一日だった。でも師もいつもならもっとウジウジ言うのだが、今日はめでたい初日なので手短に言うだけだった。楽屋に戻ると、円生が言った。

「今日は円丈の披露目の初日でげすから、めでたく三本締めと行きましょう！　ではお手を拝借、ヨーオッ」

チョンチョンチョン、チョンチョンチョン。

全くなんだかんだ言っても、弟子の披露目に最後まで残ってくれて三本締めをしてくれる、本当に師匠とはありがたいもんだとしみじみ思った。

長い長い疲れる一日だったが、平和な平和な一日だった。だが分裂の日は、一日一日と近づき、奥深い所では、既に何かが動き始めていた。

またたく内に五十日が過ぎ、披露目の印象は、疲れた！　そして成果は二日酔い！　とにかく、楽屋で気を使い過ぎて高座でボンヤリというケースが多い。

俺はこの披露目を早く終えて普通の生活に戻り、もっと高座に全精力を注ぎ込みたかった。どっちにしろ、今日で終わりだ。

それでも、楽しみというのが一つだけあった。実は梅生に財務次官をさせるにあたり、ある指令を出した。

「十日間で大体三十万円のお金を預けるから、少しずつ色んな部分で節約をして欲しいんだヨ！　で、浮いた金で最後に前座、二ツ目を引き連れてソープに行こうと思ってるんだけど」

「ハイ、そりゃ私が、全力を挙げて努力しますョ！」と梅生は言った。前座にもその趣旨を話したので、ソープへ行きたい一心で、楽屋に置くつまみは十円でも安い物を買いに行く。全員一丸となって経費節約を合言葉に燃えたので、なんと二十九日目にしてもう目標額が達成されたのである。如何《いか》に努力が大切であるかを思い知らされた！　本当に勉強になった。

そしてこの前座、二ツ目さんソープご招待は、楽日の十日程前にすみやかに実行された。疾《はや》きことソーローの如く！

参加希望者も途中から増えたので合計九人！　呼び込みの兄ちゃんに団体割引にならないかと頼んだら、

「イエ、ウチは十人からです」と断られた。

一人足りなかった。ソープ嬢が次々と出て来たが、

「イヤァ、俺は最後でイイから」

無理して下の者から順に部屋へ行かせ、最後に俺が部屋に消えた。

終わって出て来ると、最後に入った俺が一番最初に出て来た。しかも一番最初に入った前座が一番後から！　もう悔しいなァ。そしてその店を出てから飲み屋に入り、全員で部屋の中の出来事の発表会を行ないながら酒を飲んだ。どこかホッとするような一時だった。

※1　木枯　歌舞伎の幕があく時や、寄席の口上の始まる前に拍子木を〝チョン、チョン！〟と二度叩いてから幕をあける。この二度叩きを木枯という。

それにしても円生も大変だったろう。何しろ、五十日全部、俺の口上についたのだ。師匠が全部の披露目につくコト自体が異例なことなので、円楽はこう言った。

「円丈！　俺と円窓の披露目の時だって二十日しかつかなかったんだぜ！　師匠に感謝しろ」

その言葉の裏には、

「こんなモンに師匠だって全部つくコトはないんだ。バータレめ」という気持が浮き出ていた。普通は最初の十日ばかり口上について、後は手の空いている幹部が超党派で適当についていて廻るものだ。それに同じ口上のメンバーで五十日というのも、コレまた異例のコト。更に円楽が仕事で口上に出られない日が三、四日あったが、その時円生は尋ねた。

「誰か口上について欲しい師匠がいたら、そう言ってみな！」

だけれぱ」

「エー、三平《さんぺい》師匠とか、正蔵《しょうぞう》師匠とか、小さん師匠、馬生《ばしょう》師匠なんかにも出ていた

「イヤイヤ、そういう人に頼めない」と断られ、そして必ず円楽の代りに談志が来た。

後になって考えると、俺の口上に出た円生、円楽、円蔵、談志というメンバーは、新協会を創立する時の主な顔ぶれで、ただ、ほとんどいい加減な談志は、途中で戻っただけのコトだ。

これだけ五十日間も同じ口上のメンバーに円生がこだわり、しかもそれが新協会の首脳部というコトは、どう考えても偶然の一致とは思えないのだ。

更に俺が頼んで断られた小さん、正蔵、三平、馬生のメンバーは後に新協会と敵対するコトになった面々なのだ。第一、真打の口上に誰に来て欲しいといえば普通、当人の望みを叶《かな》えてやるものだ。これだけ偶然が集まるともはや偶然ではない、意図的なのだ。

今思って逆算すれば、二月末には既に新協会の青写真が出来上がっていたはずである。

浅草演芸ホールの十日間は、昼席の方へ廻った。この日は昼の一時頃楽屋入りし、三時に口上が終わり、トリに上がるまで時間があったので、高座の裏の方にソファが置いてあるのでそれに座ってボンヤリしていた。もう、なんやかんやで疲れちゃった。

その隣には、さん生と好生の二人が雑談していた。それに今日は五十日の最後の日ということもあって、兄弟弟子は全員楽屋に揃《そろ》っていた。こういう日は残ってないと師匠にシクジる原因にもなる。

好生、さん生にとって、自分達は一日も口上についてもらえなかったのに五十日全部口上についた弟弟子の披露目に残るコトは、面白くないはずだ。特に好生は、五十日の間で今日初めて見た。また、俺にとってもそういう兄弟子に済まないという気持もある。

するとそこへ梅生が飛んで来た。

「アッ、アニさん方、明日は、師匠は旅へ行くので来なくて結構だそうです。代りに明後日の朝十一時に集まるようにというコトです！」

実はこの伝令こそ、落語協会分裂に対する円生が示した最初のアクションだった。ただそんなコトはその時は誰も知らなかった。どの寄席も十日間ずつ興行が行なわれるが、その最初の日は初日といって必ず師匠のところへ顔を出す習わしだった。

俺も入門して十三年、その間初日に円生が旅でいないコトもあったが、その代り明後日来いということは一度もなかった。そこで、

「何か、あったの？」と聞き返すと、梅生は、

「いやァ、わかりませんねェ」と首を捻《ひね》った。

するとさん生は言った。

「こりゃ大将が、俺達に現金百万円でもくれようっていうんじゃないのかい」

「アニさん、そんなアホな！」

そこへ心配そうな顔をした円弥が、

「今聞いたんだけど、明後日に来いって何なの」と言ってやって来た。そこで俺が言った。

「弟子の中で誰かを破門しようというのではないでしょうかねェ。さん生アニさん、また、何かやったんでしょう。高座でオ〇ンコって絶叫したとか」

「おい、よせョ。俺は最近静かなモンだぜ！　おい、六ちゃんなら何かわかるんじゃないのかい、師匠のウチの情報に詳しいんだから」

すると生之助は、

「冗談じゃないョ。俺だって知らないョ」と言った。いつの間にか円楽を除く兄弟弟子は、自然と全員このソファに集まって来た。師匠は普段と全く変わったことはないし、何故来いと言うのか、全くその理由がわからなかったので不安だったのだ。すると今まで黙っていた好生が、

「師匠が小さん師匠とモメてるみたいだョ」と言い出した。

落語協会の会長は以前円生だったが、六年前に会長を小さんに譲った。その後小さ

んが大量真打をつくり、円生との間に軋轢《あつれき》があったコトは知っていた。そこで円弥が、

「だけどモメてるってコトと明後日来いとどういう関係があるのかね」と言うと、さん生が、

「俺達に小さん師匠をなぐって来いというんじゃないかね」

「そんなアホな」

結局、何もわからなかった。好生はもう少し何かを知ってるようだったが、あまり話さなかった。とにかく、円生宅へ行く一時間前に円楽を除く全員が近くの喫茶店に集まって対策を立てようというコトになった。

それから俺が最後に一席落語をやり、長かった五十日の披露目は無事に終わったのだ。そして終わった瞬間に分裂騒動が持ち上がったのだ。これは明らかに円生が俺の披露目が終わるのを待っていたとしか考えられないことだった。

五月十二日、十時に約束の喫茶店へ入って行くと、小さな喫茶店で他に客はいず、俺達の貸切みたい。既に好生、さん生、旭生、生之助、梅生が来ていたが、円窓、円弥はまだ来ていない。そこで俺は聞いた。

「円窓兄《アニ》さんは？」

「円窓は来ないだろう。あーいう奴なんだョ」と好生が言った。それからしばらくし

て円弥が、

「悪い悪い、出がけに電話があったもんで遅れちゃって」と入って来た。ほぼ全員揃ったが、話の方はさっぱり弾まない。なんせ、円生が何を言うのか皆目わからない。対策の立てようがない！　何かただ事でない事が起こりそうな予感はある。でもそれが一体、何なのかわからん。しかし、それでも我々は、チャンと対策を打ち立てた。

対策〝とにかくがんばろう！〟

実に立派な結論だ。これ以上に高度にして汎用性に優れ、何にでも応用出来る結論はないのだ。俺達は賢い。

それから十一時チョイ前に円生宅へ行くと、もう円窓は来ていた。

「アレッ、円窓兄さん来てますね」と言うと、今度は円弥が言った。

「そう、あいつは、そういう奴なんだ！」

それから俺は、夫人や円生に挨拶をしたが、普段と全く変わりがない。円生は、いつものように机に向かい、老眼鏡をかけ何か書いていた。兄弟弟子が次々に挨拶するが、いつものように、「ハイハイ」と軽く会釈するだけだ。

俺は、どこかいつもと変わったトコはないかとジィーッと注意深く円生を見ていたら、

「どうしたんだ、円丈、何か用事か」

「イエイエ、師匠、イヤ、別に、どうも、ハハハッ」と笑いながらその場を離れた。

イヤ、円生は、完璧なポーカーフェイスだ。きっとかなりの重大な発表をする前なのに、いくら見てもどの表情、仕草からも何一つ読み取れない。もしかして全員を集めて、

「今日、みんなに集まってもらったのは、ハッハッ、「冗談デス！」なんて言う……はずはない。何だろう。それに俺の傍にいる円窓、何故、彼は喫茶店に来なかったんだろう。第一、他の弟子とあまり話をしないで腕組みし、それに落ち着かない様子なのだ。それから弟子は全員集合というのに円楽がいない。これから話す内容はわからないが当然、彼の身にも関わって来る問題のはずだし、円生、円楽の今までの関係から行けば今日の話の内容は、前もって両者で何らかの了解があり、知っているに違いない。それなのに円楽がいない！　これは却《かえ》って不安材料だ。きっと重大発表のはずだ。

やがて円生は、老眼鏡を外して生之助に言った。

「みんな揃ってるのかい！」

「ハイ」

「そうか、お弟子さんは、みんな集まっておくれーッ」と招集がかかった。

いよいよその発表の時が来た。円生は、応接間のソファに腰をかけ、

「あー、みんな座って」と言った。

とてもソファと補助のイスだけでは足りないので、台所からイスを二つ持って来た。俺はそのイスへ座った。兄弟弟子はほとんどイスに座ったが、最近入門して来てまだ寄席にも行ってない生吉《しょうきち》は絨毯の上に正座をした。彼より、横の植木の方が立派に見えた。円生は一応見回しながら、

「これで全員いるネ。……実はあたしは、お前さん達も知っての通り、大量真打には反対をして来た。ところが小さんさんが、また十人も真打をつくるというんだ。実にけしからん話だ」と言った。

やっぱりと思った。大体噺家同士でモメるのはこの真打問題がほとんどだ。しかし円生は口では非難していたが、その話しぶりは妙に落ち着き払い、静かな口調だった。

「それともう一つ、あたしは我慢がならないのは、円歌《えんか》、金馬《きんば》、柳朝《りゅうちょう》といった常任理事が、小さんさんに取り入って、イイように協会を引っかき廻してるコトだ」

ここで円生の語気は少し強くなった。そう、確かに常任理事の円歌、柳朝、金馬の三人の評判は良くなかった。二ツ目の間で彼ら三人についたアダ名が〝落語協会の三悪人〟、実に良いネーミングだ。俺は、このネーミングが、えらく気に入った。如何《いか》にもワルでタフでその上強そうだし、俺も仲間に入りたい程だった。実は円生が会長の時は、円生の完全な独裁であり、時々幹部が集まって寄合いをしたが、最終決定は必ず円生が下した。当然その間は、十人まとめての団体真打はなかった。

それが小さん会長になってからは、独裁を止《や》め、幹部会での多数決にしたが、平幹部はほとんど発言力がなく、常任理事と会長で全てのコトが決定していた。ここに不満が生じ、三人に非難が集中した。確かに常任理事の中には、大量真打をつくる時、真打になる当人に恩着せがましく言っている者もいた。

「今度十人真打をつくるんだけども、その中にお前を推薦しといてやったから、俺にまかせりゃ大丈夫だから！」

そんな光景を俺は何度か、楽屋で目撃しているのも事実だ。俺自身もあの三人がそんなに立派な人間だとは思っていない。だが円生の独裁から小さんの合議制は、時代の趨勢《すうせい》であり、当然のコトだ。いや本来なら上方落語協会のように前座まで一票を持つ選挙制が一番望ましい。多分東京も将来は選挙制に移行せざるを得なくなる時代が来るはずだ。ただ、その時まで落語協会が保《も》てばの話だが。

円生の話は続いていた。

「そこでこないだの八日の理事会であたしは、柳朝、金馬、円歌三名の常任理事を更《こう》迭《てつ》し、代りに円楽、談志、志ん朝《しちょう》の三名を常任理事にし、今度つくる十人の大量真打の白紙撤回を求める議案を提出したが否決された！」

いやァ、全く知らなかった。幹部の中にはお喋りが大勢いるのに、ついぞ楽屋では、そんな話は聞かれなかった。きっと箝口令《かんこうれい》が敷かれたに違いない。

そして円生は、今度は強い調子で言った。

「あたしゃ、こうなったらこんなみっともない協会にいたくない！　協会をやめるコトにした」

俺は思わず、「エーッ、ウソーッ、イヤダーッ」と言い出しそうになった。そして更に円生は、今度は一転して諭《さと》すような調子で、

「昔から〝父なき後は兄がその任を負う〟という言葉がある。だからお前達は、全員円楽の預かり弟子というコトになって落語協会に残って欲しい」と言った。

それを聞いた時俺は、「おっさん、突然、そりゃ何を言い出すんじゃ」と言いたかったぐらいだ。

弟子は全員言葉が出なかった。よもや、よりによってあの円楽のトコへ行けなどと言い出すとは思わなかった。これも俺達と会う前に円生、円楽の間に充分過ぎる程の打ち合わせがあってのコトだろう。俺は、ぶつけどころのない怒りがこみ上げて来た。

しかし円生は、この時重大な過ちを犯した。それは、弟子全員が円楽を嫌っていたという事実にまだその時点で全く気がついていなかったことだ。

もしこれに例外があれば円窓唯一人だろう。彼は真打になってしばらくして円楽の経営する星企画に所属した。そのおかげで一時『笑点』のメンバーにもなれたのだ。円窓が円楽と太いパイプで結ばれているのは事実だが、内心はどう思ってるのかわか

らない。

彼を除けば全員が嫌いなのだ。弟弟子の梅生は、本来円楽の弟子だったが、円生に前座がいなくなり、トレードされて来たのだ。その彼でさえ円楽を嫌っている。

応接間には何か気まずい沈黙が続いていた。誰もお互い同士口を利く者もいなかった。

みんなそれぞれ一人一人が必死に解決策を考えていたが、それが全員、ある全く同じ結論に到達したのだ。つまり円楽の所へ行かずに済む方法、それは円生に協会に残ってもらうように説得することだった。

やがてシビレを切らした円生は言った。

「誰か意見のある者はいないか」

そこでまず、さん生が、

「師匠、協会を出るというお考えはもう変わらないのでしょうか」と尋ねると、

「あたしゃもう充分に考えた上でのことなんだ」

「あのー、そこのトコロをもう一度考え直していただくという訳には」と尚《なお》も突っ込んだ。いや、この兄弟子もタマには良いコトを言うと感心した。

「イヤ、そうはいかない。もう決めたんだ。堪忍袋の緒が切れた。こうなりゃ、あたしゃ、伝家の宝刀を抜くんだ」

と、かなり強い調子に変わって来た。今度は俺が言った。

「でも師匠、伝家の宝刀というのは、抜くぞ、抜くぞと見せかけて、実は抜かないトコに伝家の宝刀の価値があるんではないでしょうか」

「イヤイヤ、あたしは抜くんだ」

するとすかさず旭生が言った。

「師匠、そこで抜いちゃおかしいですョ」

「イヤ、イヤ、もう、あたしは絶対抜く」

考えてみると下らない議論だ。しかし、当事者同士は必死だった。円生は尚も言った。

「あたしは伝家の宝刀をムダに抜くんじゃない。抜いた時はスパッと相手を切ってる」

その時好生は、かなり開き直った発言をしたのだ。

「師匠、私は、師匠が好きで円生の所へ参りました。別に円楽サンが好きで円生に入門した訳じゃないんです。師匠が亡くなったのならともかく、師匠が生きてるのに円楽さんの所へ出来れば行きたくありません」

全くその通りなのだ。今の弟子の気持を一番素直に表わしてる。大体弟弟子というのは、兄弟子に対し、「別にオメエが好きで弟子入りしたんじゃねェ。入門したらタマタマ、オメエがいただけじゃねェか」という気持を多かれ少なかれ持ってるものだ。好生はその本質をズバッとついたのだ。その時だけは全員口に出さなかったが、大きく「ウン、ウン」と全員力強く頷いた。そこで円弥も、

「私も師匠に弟子入りしたのであって、円楽サンじゃありません」と言った。

円生は、何故か、イラ立ちと戸惑いの表情を見せながら、

「イヤ、そんなコト言ったって、あたしが協会を出れば、お前達は円楽のトコへ行って残るしかないじゃないか！」と言った。

そこで今度は俺が、

「師匠、私は落語協会が好きです。そして師匠は落語協会の星だと思っています。今後も師匠には、落語協会の星であり続けて欲しいのです」と訴えた。この言葉の二割はヨイショだが、八割は俺の正直な気持だった。すると円生も少しやけになって来て、

「星だって飛びだす時は飛び出すんだ！」と言った。

すると突然、旭生が言った。

「イヤ、師匠が飛び出る程のそれ程の問題じゃないでしょ！」

ウァーッ、凄いコト言ってくれたなと思った瞬間、突然円生が怒鳴った。

「なんだッ！　それ程の問題じゃないとは、無礼な。大変な問題だから出ると言ってるのに、それがそれ程の問題じゃないとはなんだァ」

円生は、カンカンに怒って夫人の部屋の方へ出て行ってしまった。

そこで旭生に、

「ありゃ、まずいヨ。怒るぜ」と言うと、

「そうですか、イヤ、私はそれ程の問題じゃないと思うんですがね」

「ウン、俺だって別に師匠が出なくたってカタのつく問題だと思うけどさァ。問題は言い方だヨ。師匠は一生懸命考えた上の大変な結論だヨ。それをさァーそれ程じゃないって言ったら、そりゃ誰だって怒るヨ！」

「ソーですかね。だってそれ程の問題じゃないでしょう！」

まいったァ。イヤ、彼も強情な男だ。それに議論が全くカミ合わない。

兄弟弟子も口々に、

「ありゃ、まずいヨ」と言ったが、それでも、

「そーですか！　でもそれ程の問題じゃないと思うんですが」とまだ言っていた。全く強情な男だ。

しかし円生に戸惑いの表情がありありと見えたのは、予想していたコトと全く別の反応を弟子が示したからだろう。きっと全員が、「ワァーン、師匠のおっしゃる通りにいたします！」と泣きながら言うとでも思ったのだろう。やはり問題は円楽にあった。

どんな場合も、円楽の所へ行くというのは兄弟弟子にとって最悪の選択なのだ。それをしたくないばかりに、俺達は必死の抵抗を示した。もし、円楽が兄弟弟子に人望があったなら、コトは意外とあっさり、円生の考えていた通りになっただろう。

兄弟弟子は、普段円楽のコトを〝円楽サン〟と呼んだ。普通、噺家の社会では相手が先輩だと必ず何トカ兄《アニ》サンと呼ぶ。ところが彼を呼ぶときだけ、何故か〝円楽サン〟と呼んだ。一度、そのコトで円楽は激怒したことがあった！

「てめェら何だ、〝円楽サン〟とは。俺は、お前達の兄弟子なんだぞ。何故、俺のコトを円楽兄さんと呼べねェんだ！」

しかしこのコトがあった後も相変わらず、彼を〝円楽サン〟と呼び続けた。何トカ兄さんという言い方の中には、親しみと先輩としての尊敬の意味が込められてる。結局、俺達兄弟弟子は、彼に親しみも尊敬も感じなかったのだろう。いつも円楽とはある隔たりを持って第三者的立場に彼を置いて接したかった。そういう気持が自然と、「円楽さん」という呼び方をさせたのだ。

その後、兄弟弟子は嫌がる旭生を、

「とにかく、今の内にさっきのコトを師匠に謝っといた方がいいから」と説得した。

彼も渋々納得して円生の所へ行き、

「先程は失礼なコトを申し上げてすいませんでした」と謝ったが、円生はソッポを向き、口も利かなかった。

彼は元来円生にそんなにハマっている方ではなかったが、この日以来完全にハマらなくなった。イヤ、毛嫌いされるようになったのだ。たった一言でのこれ程大きなシクジリを、後にも先にも見たことがない。

結局、この日は、

「各自もう一度、考え直すように」というコトで結論が出ないままになった。

一方、弟子の間ではなんとか、円生を説き伏せて円楽のトコへ行かないようにしようと全員一致で決まった。だがその弟子の中には、今度の計画の全てを知ってて、尚俺達と一緒に驚いたふりや、困ったふりを演じ続けている奴がいたのだ。それも複数！

しかもその内の一人は、俺達の動きを監視し、それを円楽に通報する役目を果たしていたのだ。こういう人間関係が後にお互いの不信感を募らせ、疑いは憎悪に変わり、遂には師匠すら信じられなくなり、絶対修復不能な無惨な一門へとなって行った。

深夜の長電話

次の日の十三日、快晴。俺は、仕事で九州へ行った。その仕事先で柳家小さん門下の入船亭扇橋《いりふねていせんきょう》と一緒になった。いつもは賑やかな扇橋は、妙に物静かだった。彼と二人きりになった時、ボソッと独り言のように、

「ぬうちゃん、円生師匠とみんな一緒に出るんだってね。全く大変だネ!」と言った。

「ア、アー」と返事に詰まった。何故、円生一門で騒ぎが起こっているのを知ってるんだ。しかも師弟共に協会を出る! そんなコトは兄弟弟子は誰もまだ聞いていないはずだ。目下円楽のトコへ行くかどうか、それが問題になっているだけだ。一体、円生、円楽の間で何が相談されているというのだ。

よほど俺は彼にもっと詳しく聞きたかったが、向こうの方がズーッと先輩だったし、それを尋ねる程の間柄ではなかったので聞かなかった。どっちにしろ、俺の知らない

所で話はドンドン進んでいるようだった。

更に次の日の十四日、また、円生と一緒だった。もう一人が梅生。三人で仙台へ行った。俺が二ツ目の頃、チョクチョク行っていた東北大学の落研の主催で俺の真打披露をするコトになっていた。

仕事が終わった後、三人でホテルのレストランで一杯飲みながら食事をした。この日の円生は、旅先の解放感も手伝って飲む程に打ち解けてきた。

「何だ。ビールがちっとも進まないじゃないか。まァ、後は寝るだけだから飲みな」

と、なんとお酌までしてくれた。

円生は、「真打の問題だけど」と大量真打を非難し、抜擢《ばってき》真打がいいと説いた。

円生の意見は正しかった。戦前には真打になれなくて生涯二ツ目にあった者や、真打になってみたものの食えなくて前座に戻った者もいた。しかし問題は戦後だ。昭和五十年当時まで、つまり大量真打をつくる前の時まで、戦後入門して真打になれない者はただの一人もいなかったという事実だ。俺は昭和二十一年に入門して五十年まで二ツ目だった噺家を知らない。

確かにそれまでは芸が優先で、芸のある奴はドンドン先に真打になった。では芸のセコイ奴はなれなかったのか！　イヤ実はなれたのだ。人より三、四年遅れながらも。

「あいつは芸はセコだけど親孝行だから」なんて理由で真打になれた。結局　真打にさせる理由なんて何でもよかった。

「あいつは運転免許持ってるから」でも、「海外旅行へ八回も行ってるから」でも何でもよかった。要するに芸のセコイ奴を真打にする為に名目さえ立てばよかった。うまい二ツ目は、ドンドン抜擢し、長くやってる下手な二ツ目は、その間に挟み込むような形でうまく廻っていた。それというのも落語家の数そのものが少なかったから、それでよかった。

ところが昭和三十二年頃から急激にその数が増えていって、噺家の構成自体が中ぶくれになってきたのだ。

その少し前から円生が会長になり、従来の方式で真打をつくっていった。その為に真打になれない二ツ目の数がドンドン増えていった。

そして会長を小さんにバトンタッチした時は、落語界の社会問題になる程増えていた。

しかし真打になかなかなれない二ツ目は、現実に〝芸はセコだけど親孝行だから〟という真打を何人も見て育ってる。そういう連中に、

「お前は芸がセコだから真打にさせない」と言ったトコロで、

「でもあの人は親孝行で真打になったじゃありませんか」

「イヤ、今年度から制度が変わった」と、こんな理屈は通らない。また、その連中の不満も溜《た》まってくる。事の善し悪しは別として、今の真打制度を続ければ当然、大量

真打をつくるしかないのだ。

　世間的信用を得る為には抜擢制度を続けなければいけないし、内部的に見れば、大量真打をつくらなければいけない。赤字国鉄と余剰人員といったような、朝日新聞の社説に載りそうな非常に難しい問題なのである。

　円生は言った。

「あたしが一番心配してんのは、この頃協会のタガがゆるんで来てしまったと思うんだ。別にあたしゃ、もう一回協会の会長がやりたくてこんなコトを言ってんじゃないんだ。そんなちっぽけな考えは、これっぱかりもありゃしない。訳のわからない真打が出来たり、変な常任理事に協会を引っかき廻されて、あたしは心配なんだヨ。

　あたしだってもう年だ。後何年生きるかわからない。これから先の落語界を考えると本当に気がかりでしょうがない。あたしの目の黒い内に何とか、この緩んだタガを締め直さなくちゃならないんだ」

　その時の円生の目は、まるで子供のように輝き、その顔は理想に燃える二十才の青年のようだった。

「そこで理事会で不信任案を提出し、否決された訳だ！」

　と言う円生は、日本酒の入ったコップをグイと飲み、俺達二人の顔をキッと見て、

「でもあたしゃ、目の黒い内に必ず今の落語界を立て直すつもりだ！　あたしは負け

ない。必ず勝ってみせる。まァ、飲みな。飲みな。……フッフッフッ」

円生は、二人を見ながらいたずらっぽく笑った。

「まァ、今回のコトでお前たちも大分心配してるようだが、あたしだってただ出る訳じゃない。出るからには、それ相応の覚悟もしているつもりだ。

そう、あたしには、策がある！」

一瞬、円生の手は、アブラハム・リンカーンが演説してる時のように力強く頭上に上がった。この瞬間、全ての謎が解けた。そう、これだけいろんなヒントを貰えば誰でもわかるアホバカクイズ！

答、新協会設立。

キンコンカンキンコンカン、大正解。これ以外には考えられない。俺は横にいた梅生を見ると、彼も俺に知らせるようにこっちを見る！

「あたしだって手はいろいろ打ってある！　絶対に負けない。頭の程度は同じだ。来ればいいんだ！」と円生は言い切った。俺も少し酔ってたから安心してついて
「師匠、もし、それで失敗した時はどうなるんでしょう！」と聞いてみた。

「ん――、まー」と、円生もかなり酔いが廻って来たようで四、五秒考えてから言った。

「そん時は、まァ、悪い師匠を持ったと思ってあきらめろ」

「ヘコッ」

何とそこまでは円生は考えていなかった。それはないョ。そんなのあきらめられないョ。それから何やかやと三十分ぐらい話をした後、円生をホテルの部屋に送り、着換えを手伝い、「お休みなさいませ」と挨拶をして部屋を出て廊下を歩き出した瞬間、俺は喋り出した。

「いやァ、ビックリしたネ。真相は、新協会をつくるコトだったとはネ」

「そう、決定打は師匠の〝あたしには策がある〟と言った時、あの手が上がったでしょう。アレでピーンと来ちゃった」

気がつくと俺の部屋の前。三人別々に部屋をとっていたので、

「あッ、俺の部屋へ来て話をしない。冷蔵庫にビールぐらいあるし」

「エエ、いいですねェ」

とにかく二人は、そのコトを話したくて話したくてウズウズしていた。

俺達は冷蔵庫からビールを出して差し向かいで飲み始め、喋り始めた。

「だからあの〝お前達は円楽のトコへ行け〟というのは、単なる踏み絵。つまり忠誠心を試しただけだョ」と俺が言うと、梅生も、

「そう、だからみんなで反対したらけげんな顔をしてたんですョ」と俺の説に賛成した。

「うん、イエネ、そりゃァ新協会設立は、考えないでもなかったけど、俺は師匠の発想の中で新協会をつくるという政治的な考え方はないと踏んだんだ。六才の時から芸

一筋の師匠では絶対出て来ないはずだ。だから思いつかなかったんだ。きっと誰かに吹き込まれたんだと思うナ」と俺が言うと、

「そうなりゃ談志サン、円楽サンあたりでしょう。二人共かなりの野心家ですからネ」と梅生は答えた。

談志、円楽の二人の関係も非常に特異だ。お互いよく喧嘩《けんか》もしてるようだが、根深い所で太いパイプが通じてる。親友というより、刎頸《ふんけい》の友といった方がピッタリ合う。どっちが刎でどっちが頸だか、そこまでは詳しくはない。友情ではなく、お互いの利害関係を絡めながら、腹の内を探り合いながら同盟を結んでいるといった感じなのだ。

「どうも俺は、師匠はみこしで担がれたんだと思うんだヨ。今年の一月頃、真打のコトで師匠の家へ行ったら円楽さんがいて、師匠と一緒にごはんを食べていたんだが、その時に盛んに例の常任理事のコトをボロクソに言うんだヨ。

〝師匠ねェ。あの柳朝とか、円歌なんて奴は……〟。すると師匠もすぐ信じ込む方だから、〝実にけしからん奴だ、今度、あの連中に会ったら、叱り飛ばして〟と本気で怒り出したんだヨ。そこで今までたきつけていた円楽サンが、あわててなだめたぐらいだヨ。

それと〝師匠、小朝《こあさ》なんて奴はとんでもない奴で……〟〝フーン、小朝てェなァ、そんな奴！〟と盛んに言いふらす。ところがその少し前に会った時、俺に〝イヤ！あの小朝って男は、なかなか見どころのある奴で〟なんてホメていたんだ。それが、

師匠の前じゃ、まるで正反対！　怖い人だと思ったね。ありゃ、明らかに何か意図的に何かの目的があって師匠に吹き込んでいたとしか思えないヨ」

「ヘェ、そんなことがあったんですか」と梅生は頷いた。

「きっと師匠は見事に担がれたんだ。こりゃ早めに東京にいるみんなに電話をしよう！」

「エッ、でも仙台からだと電話代が大変ですョ」

「イヤ、金はこういう時に使うんだョ！」と言い切って、俺はホテルの部屋から兄弟弟子に片っ端から電話をかけ出した。これだけのニュースを、もう喋りたくて仕方がない。まず円窓宅へ！　その横で梅生は聞き耳を立てた。

「アッ、円窓兄さんですか。円丈です。実は今度の騒動なんですけど、大変なことがわかったんです。実は………」

「エッ………アー、……ソ………フン……そうだったの。……ウン」

電話口の円窓は、イヤに冷静だ。もっと驚いてくれなきゃ、せっかく仙台から高い金で電話をしてるんだから。

「結局、師匠は担がれたんじゃないかと思うんですけど」と俺が言うと、

「ウン、わかった。他には」

「イエ、他にはないんですけど」

「マァ、その内に相談しよう。ガチャン」と切ってしまった。受話器の傍に耳を寄せ

ていた梅生は、

「あまり、驚かなかったですね」と意外だという顔をした。

「とにかく次へ電話しよう」と俺はダイヤルを廻して、

「アッ、さん生兄さんですか。円丈です。今日、師匠と仕事で一緒なんですが、大変なコトがわかったんです」

「ナニ？　エッ、うそだろーッ、いや、だってさァ。本当かい。……ウン、イヤ、冗談だろう。………ウン、ウン………ホント………俺信じられない。………うーん、そうかい……ウン、じゃ東京に帰って来たらさァ、早速みんなで会って相談しよう。………うん、でもそりゃァ、本当なのかい………うーん」

「じゃ、そういうコトですので、まだ他にも電話しなくちゃいけませんので失礼します」

「そう……うん、でもなァ、ホント？」となかなか信じてくれなかった。イヤこれくらい驚いてくれると電話のしがいがある。

次に電話したのが好生。彼はある程度、予想してたようで、

「そうですか！　やっぱりねェ。あれは踏み絵だった？　いかにもやりそうなコトだ。その為にわざわざ仙台から電話をくれたの？　どうもわざわざすいませんねェ。本当にありがとう。でも、ぬうちゃん。俺は、悪いけど林家《はやしや》の所へ行くヨ！　ありがとう。

ガチャッ！」と電話を切ったが、俺は好生の態度が信じられなかった。すると梅生が、

「しかし、好生兄さんってどういう人なんでしょうネ。まだ何も決定した訳でもないのに、もう林家へ行くなんて」

　俺も全く同意見だった。しかし、そんなコトより電話が先だ。今度は、円弥に電話した。

「エッ、本当？……そう、俺も裏で当然、円楽さんが絡んでいると思ったヨ！………ウン、どうもありがとう。ガチャ」

　まずまずの反応だった。次は生之助！

「おい……そ、そ、そ、そりゃ………マ、マ、マ、マジかい。………エ、ジャ、ジャ、ジャ、ほ、ほ、ほ、ほんとう？」

「そう、円楽のトコへ行けというのは踏み絵だったんですヨ！」

「ホ、ホ、ホントウ、オ、オ、オレ、すっかり頭が馬鹿んなっちゃった！……オレ、オレもう俺、何にも考えられなくなっちゃったッ！……じゃ、じゃ、電話切るネ。ガチャ」

　とにかく凄い驚き方！　あまり驚いたので、こっちの方が驚いたぐらいだった。とにかく、頭がバカになる程驚いたのだから。

　そして最後に旭生へ電話した。

「アーそうですか？　エー、ですから私は師匠に言われたように円楽さんのトコへ行

きます」

　また、話が喰い違ってしまった。

「イエ、旭生さんね。だからもう円楽サンのトコへ行くことはなくなったんです」

「イエ、それはまだわかりませんので、私は、やっぱり、円楽サンのトコへ」

　もう、じれったい。

「イヤ、だから真相は新協会設立なんですョ！　だから、もう、円楽サンのトコへ行くとか、行かないとかの問題は、とっくに過ぎちゃってるんですョ！」

「エー、でも私はですね。師匠のおっしゃるように円楽さんの所へ」

　もう、イヤンなっちゃった。

「とにかく、真相はそういうことなので、また、連絡します」

　本当に旭生と話していると疲れて来る。梅生は言った。

「しかし、旭生兄さんって変わった方ですね」

　変わり過ぎだ。しかし、俺は兄弟弟子の対応には物足りなかった。俺は、

「でもうちは兄弟子が頼りにならないと思わない？　だって俺は、こんなに重大なコトを電話したのに誰一人、〝明日何時にドコで会って相談しよう〟とか、〝俺がみんなに連絡しておく〟って言った人は一人もいないんだぜ」とぼやいた。

「やっぱり円楽サンと差があり過ぎますネ」

「全くだヨ。これじゃ、師匠だって円楽サンを頼りにするぜ。もし、俺が一門の二番弟子だったら、今回の円楽サンの企みを今頃、粉砕してるヨ。これじゃ、円楽サンと他の弟子との間に差がつくに決まってるヨ。俺は円楽サンにつきたくなったヨ」と嘆いた。

「電話代が無駄だったんじゃ」

「イヤ、そんなコトはないョ。兄弟子の反応の違いがわかっただけでも価値があったョ」

　しかし、今にして思えば俺は全く馬鹿げたコトをしていたのだ。俺は、兄弟弟子は全員知らないもんだと思い込み、わざわざ仙台から必死に電話をかけまくった。そしてそれを知ってる兄弟子達はそのお礼として驚いてくれたのだ。真相を知っていれば誰が相談しようなどと言うものか。その上円楽と通じてる兄弟子にも電話をした。努力して相手に情報を伝えていたコトになる。何というおめでたい人間なんだ。

　だがその時は全く気がつかなかった。そしてこの騒動が終わったころ、たとえ兄弟子でも信用するなという教訓を得た。

　二人は冷蔵庫を開けてビールをドンドン飲んだ。話は途切れることなく続いていた。

「しかし、師匠も冷たいョ。何故、あんな踏み絵みたいなことをさせるんだョ。そりゃたとえ円楽サンに入れ智恵《ちえ》をされたにしろだ。そんなに弟子のことが信用出来ないのか」

「そうですョ。今度俺は新協会を設立するからついて来てくれって言えば、みんな行きますヨネ」

「当たり前だョ。師弟っていうのは、そんなにお互い疑り合わなきゃいけないものか！　しかもその前に円楽とコソコソ相談したりして、それじゃ、円楽サンだけが師匠の弟子で、俺達は弟子じゃないのか。じゃ俺達は一体何なんだョ。そんなのフェアじゃない！　そりゃ、きっと情報が外部にもれるのを恐れて俺達に言わないのかも知れない。それじゃ初めから俺達のコトを信用してないんじゃないか。全く俺は情けないョ」と俺は少し悲しくなって来た。

梅生は、フッとため息をつきながら、

「……それにウチは兄弟子が頼りになりませんしネ」と言った。

「そーだよネ。円楽サンと師匠があーいう関係になったのも、二番弟子以下がふがいないせいもあるんだョ。兄弟子の中で誰か一人が円楽サンの対抗勢力になっていれば、こんな異常な一門にならなかったはずなんだ」

「……エー………」

二人は急に黙り込んでしまった。やがて梅生は、独り言のように話しかけて来た。

「……ところであたし達は、一体どうなるんでしょうねェ」

「ウン……」

二人には、自分達のようなチッポケな力では、どうしようもない大きな流れの渦の中に今、まさに飲み込まれようとしている自分自身の姿がハッキリと見えて来た。

　ふと時計を見ると、時間はもう午前四時をとっくに過ぎていた。

「……四時か……じゃ、寝ようか！」

「明日、起きられるかなァ。七時半の列車でしたヨネ。じゃ、お休みなさい」

「アッ、お休みなさい」

　梅生は、出て行った。俺はベッドの上に大の字になって引っくり返り、タバコに火をつけ、「フーッ」と煙を大きく吐き出しながら天井をボンヤリと見つめていた。

　いろんなコトが走馬灯のように浮かんでは消えて行った。その時、ふと前座の時の出来事を想い出した。

「新協会設立かァ、アレも新協会をつくろうっていうコトだったなァ、うん、確かにそうなんだ」

　実は昔、俺は新落語協会をつくろうとしたことがあった。あれは昭和四十二年頃だった。

　もちろん俺はまだ前座で、後のさん八《ぱち》と小燕枝《こえんし》（当時の名は、そう助《すけ》と小《こ》よし）と俺の三人で企んだ。当時、世間は七〇年安保の時代で、人々はいつも何かの変化を求めていた。同じように俺達前座も落語界の変革を真剣に求めていた。

毎日、寄席が終わると近くの喫茶店で、口から泡を飛ばしながら落語界について話し合っていた。

「結局、今の旧態依然たる落語協会を良くする為には、体質改善しかないんだヨ。大体、ロクな教育も受けてない一握りの幹部連中に協会を運営させること自体、間違いだ。体質が封建的過ぎる！」と、かなり大胆な発言をしていた。

「そう、俺が思うのは古過ぎるってコトだ。

落語協会っていうのは一口で言えば、単に原始共同体的親睦団体にしか過ぎない。だから幹部つうのは各派のボス！　早い話が幹部会なんつうのは、未開の首長同士の懇親会みたいなもんだ。一緒にメシを食って〝楽シイ！　次イツ集マルカ！　次ノ時、戦イノオドリ、ヤルカ〟って、こんなもんだぜ。一体、こんな中に明日への展望がどこにあるっていうんだい」

「そうだ、そうだ。落語協会のやることといったら年に一度、成田山へみんなでお詣《まい》りし、帰りにヒモノみたいなうなぎを食って帰ってくるだけじゃないか！」

「ンだ。ンだ」

三人は、快気炎を上げた。そこで議論の結果、協会自体をプロダクションにし、テレビ局や吉本と対抗していく。その為に秘密結社〝新落語協会〟をつくり、将来、クーデターにより、落語協会を潰すという恐ろしい構想が浮かんだ。

三人の意見は完全に一致し、何月何日に結団式を行なうことまで決めた。今思えばたかが前座の三人が集まってもどうなるものでもなかったが、三人の落語界を思う気持は本物だった。

そしていよいよ結団式の当日、俺とさん八は、指定の喫茶店で小燕枝を待っていた。その場所は当時内弟子だった小燕枝が来やすいように小さん宅の近くの喫茶店にした。ところが、小燕枝は待てど暮らせど来ないので、二人でシビレを切らして小さん宅まで行くと、彼はおずおずと表へ出て来た。さん八が、

「どうしたのョ！　待ってんのに全然来ないじゃないの！」と言うと、小燕枝が、

「俺はもうイイから、二人でやってくれョ」

何と小燕枝は出来る前から裏切ってしまったのだ。これだから落語家は何をやってもまとまらない。そこで俺も、

「おい、それはないだろ！」と非難すると、

「とにかく、止《や》めたんだから。師匠の用もあるし、これで俺は帰るョ」

小燕枝は、巣作りのセキセイインコのような顔をして家の中へ入ってしまった。残されたさん八と俺はスッカリしらけ切って急になんだかバカバカしくなり、その後、さん八とは、そのコトで二、三度逢《あ》ったが、結局イヤ気がさして止めてしまった。もっとも本気でやっていても実現はしなかったろうけど。

それからも小燕枝と別に口を利かなくなるということもなくつき合った。ただ、何かあると俺は、小燕枝に必ず、

「この日和見《ひよりみ》主義者」ってからかうと、彼も負けていず、

「何を言ってんだ！　この新左翼」と言い返して来た。マージャンを一緒にやると、一晩の内に五、六回は「この日和見」「新左翼」と言い合ったが、小燕枝はどことなく憎めない男だ。

落語界は分裂の歴史だった。

そしてあれから十年、協会は大して変わっていない。俺は今でも協会員が全員所属する落語協会プロダクション計画の基本線は間違っていなかったと信じている。

それを妨げている原因は、結局芸人最後は個人営業ということだ。

俺は、ホテルの天井を見ながら考えていた。円生を担ぎ出し、新協会をつくろうとするあの円楽と談志に、かつて昔、俺達が新落語協会をつくろうとした時の純粋さが二人に本当にあるのか！　あの時の落語界を本当に愛する気持が、あの二人にはあるのだろうか。

円生がどんなに理想に燃えたとしても、それを支えるあの二人にそんな気持がなければ、理想の協会など夢のまた、夢だ。

何だか先の見えたような新協会に渋々ついてく俺は、ますます心が暗くなって来た。

悲劇の一門へ

翌日、上野へ着いたのは昼頃。出迎えに来た運転手浜田に案内され、円生は車に乗り込んだ。

「おつかれさまでした」

「どうもおつかれさまでした」と二人で挨拶をすると、円生は車の中で軽く会釈をした。

バタンとドアが閉まり、走り出すと、俺達二人はもう一度走り過ぎる車へ向かって深々最敬礼！　頭を上げてから俺は言った。

「エーと俺チョット家へ電話をしてみるヨ」

「兄さん、どうしたんです。家庭不和でも」

「違うヨ。もしかして留守の間に今日、どこかへ集まるという電話が兄弟子から入ってるかも知れないから」

「イヤ兄さん、多分そんなことないでしょう。ウチは、優柔不断な人が多いですから」

「でも、念の為に電話してみるヨ!」

俺は、自宅に連絡すると、やはり誰からも電話がなかった。こんな重大な局面にただただ、流れに身を任せてていいものか。少なくとも対円楽の今後の対応策や、これからの見通しとか、お互いの意見調整ぐらいは絶対必要なのだ。

それから俺は、狂ったように兄弟弟子に電話をかけまくった。彼らの返事のほとんどは、「ぜひ集まろう!」ではなくて、「じゃァ、集まるか」だったが、それでも俺はひるまず、「では何時頃?」と切り返し、かなり強引に集合をかけ、その日の夕方五時、新宿末広亭の近くの喫茶店『泉』に集まることになった。

五時少し前に『泉』に俺が入って行くと、隅ッコのボックスの方にうつむいて、黙りこくった異様な一団があった。それが兄弟弟子達。この喫茶店の中でそこだけがボコッと落ち込んでいた。

俺が「おはようございます」と挨拶したが、みんな頭を下げる程度。一番ハッキリと声に出した返事が、「……ウー」だった。もう、イヤッ!

考えてみれば不思議な集まりだ。この中には、新協会設立をあらかじめ知らされていた者が三名、知らされていない者が四名いて、しかも全員が知らされてない顔をして相談をしようとしていたのだ。この七人で相談することが、果たしてあったのだろうか。何一つとしてない。

このわずか一、二日後には、好生、さん生は落語協会へ戻ったので、こうしてこの兄弟弟子のメンバーで集まるのは、その後円生の葬式を除けばこれが最後の晩餐《ばんさん》だったというのに、なんという惨めな集まりだったのだろう。入門以来十三年も顔を合わせて来たのに、たった一杯の苦いコーヒーが別れになってしまうなんて、何という悲惨な一門なのだろう。一門の悲劇の序曲だった。

だがその時大きな渦の中にいた俺は、そんなことは全くわからなかったし、兄弟子の中に計画を知らされていた連中がいるなんて思ってもみなかったし、考えたくもなかった。口が重い兄弟弟子の中で唯一、よく喋ったのは、さん生だった。彼は、まだ半信半疑で、「ぬうちゃん、本当かい」と何度もこの言葉を吐いた。そこで俺はテープレコーダーのように何回も同じ説明をさせられた。この時の兄弟弟子は、ほとんど話をしなかったが、とりわけ貝のように口を閉ざし喋らないのが円窓だった。彼は窓際に腕組みして腰をかけ、ジィと我々の話を聞き、観察してるといった様子で、それはどう見ても一緒に相談してるというふうには映らなかった。

俺がさん生に何度も説明している時に、好生は話を途中で止めてみんなに、

「アノー、みんなが相談してる時に何なんだけど、俺は、林家の所へ行くことにしたヨ、悪いですけど！」とキッパリ言った。

返事する者は誰もいなかった。全員は更にうつむいてしまったのだった。その一言で、俺の心は絶望に近い暗さになった。だってこの先どうなるか、まだハッキリ決まった訳でもないのにもう出て行くというのだ。それは、沈みかけた船の中でみんなが、この船をどうやって修理しようかと話し合っている時に、「お先に！」と言って救命ボートに乗り移るようなもんだ。

確かに好生は、円生にあまり好かれていなかったし、かなり辛《つら》い立場にあり、俺自身もう少し円生にそういう弟子に思いやりを持って欲しいとも思う。しかしそれにしたって、こうした好生の言動は、不満だった。

でもそれは個人の考えることだし、それをとやかく言うことではない。全員が黙りこくっていてはまずいので、何か返事をしようと思ったが言葉が出ない。〝それは良かったですね〟と言うのも変だし、〝どうぞ〟でもおかしい。俺は、

「アー、そうですかァ」と言った。これが精一杯の贈る言葉だった。

俺はさん生に言った。

「大体、うちの一門は異常ですヨ。いつだって師匠と円楽サンだけの間で何でも決まってしまうんです。いつも円楽サンの独走を許してしまったのは、他が情けないから

ですョ。二番弟子の兄さんがふがいないからこんなことになるんですョ！」

だがこの言葉は、さん生だけに言いたかったのではない。兄弟子全員に聞かせたかった言葉だ。とりわけ、その窓際で腕組みして貝のように口を固く閉ざし、俺にとってデクノボウとしか映らない円窓に向けての弟弟子からのメッセージなのだ。

するとさん生は言った。

「わかってるョ。そんなに俺を責めるなョ。俺だってその辺のことは痛感してるんだから。しかしねェ、俺は、これだけ聞かされてもまだ信じられないんだョ。とにかく俺が二番弟子なんだからさァ。これから師匠のトコへ行って直《じか》に聞いてくるョ」

「大丈夫ですか？」

「大丈夫だョ！　とにかく、行ってみて、何かわかったら、ぬうちゃんのトコへでも連絡するから」

やっと彼も目覚めてくれたようだ。そして結論。

〝とにかくガンバロウ！〟わずか三十分足らずの相談だった。

その日の夜、俺が家にいると、さん生から電話がかかって来た。

「あッ、ぬうちゃんか！　あれから末広へ行ったらさァ、全サン（円楽）が出番がないのにタマタマ寄席にいてネ」

「エッ、タマタマタマですか」と聞き直した。大体、寄席の楽屋は自分の出番のない時は寄席で待ち合わせでもしない限り、あまり行かないものだ。その瞬間、もしや、円窓が今日のコトを円楽に話したのでは？　そして円楽は、さん生が末広を六時上がりの出番なのを見て楽屋に来て待っていたのでは？　兄弟子が、円窓を〝アイツは、そういう奴なんだ！〟と言ってたのを思い出し、もしかしたら〝アイツは、そういう奴か〟と疑い始めた。

「ねェ、ぬうちゃん、……聞いてるのかい？　ねェ！」

「アッ、どうも、聞いてます」

「それで俺が師匠のトコへ行くって言ったら、全さんも〝イヤ、俺も行くとこだったから一緒に行こう〟って、高座が終わってから車に乗って大将んトコへ向かったんだヨ。そうしたら全サンがさァ、〝隠しといて悪かった。実は新協会をつくるってコトだったんだ〟と白状したんだ」

「円楽さんがですか？」

「ウン、で大将を頭にして全さん、談志さん、それから志ん朝ダンナが来るんだって」

「志ん朝師匠が」

これは、それ程驚かなかった。むしろ当然だと思った。志ん朝は円生に心酔していたし、また、五月八日の理事会では大量真打白紙撤回に手を挙げたのが、円生、志ん朝の唯二人だけなのだ。その場にいた円楽も談志も反対に回った。そして志ん朝は、若手に圧倒的な人望があり、また、次期会長の最有力候補と目され、俺自身も彼が会長になって欲しいと願っている。人望という点では円楽、談志は彼の足元にも及ばない。新協会をつくるとなれば、当然彼をメンバーに加えるコトは成立の絶対条件となるのだ。

さん生の電話は尚も続き、

「あと橘家と円鏡《えんきょう》さんが主力メンバーだって、円楽さんが言ってたョ」

「じゃ、ボクの口上についてくれた幹部は、全員だったんですねェ」

「アッ、なる程ネ。で師匠んちへ行ったらさ、色物の三球《さんきゅう》・照代《てるよ》だとか、奇術のさァ、伊藤一葉《いとういちよう》っているだろう、あれも来てんだョ」

「エッ、伊藤一葉まで！」

俺は一瞬自分の耳を疑った。一葉なんて協会員でもなければ、三遊亭一門とはほとんど疎遠な関係なんだ。そんな一葉にまで声をかけて、自分の弟子には内緒にしておく……。それは円楽の意見であったにしろ、なかったにしろ、円生が悪い。

そこで俺は思わず、

「一体、師匠は何を考えてるんです！　こんな新協会などつくらせたくない！」

と激しく非難した。

「ぬうちゃんもそう思うだろ。俺達にはひと言も言わないで、片方で一葉にまで話をしてる。そりゃないぜ。俺は大将のトコへ入門して今まで何千回も顔を合わせてんだ。一葉なんて、大将は二、三回しか会ってないぞ。そんな奴に話して、俺達には黙ってる。俺はもう、悔しくて悔しくて……。もう情けないョ」

さん生は半分涙声になっていた。

「いや、兄さんの気持はよくわかりますョ。僕だって悔しいですョ」

「で、帰りがけに大将は、〝まァ、こうなったからガンバッて働いておくれ！〟と言ってくれて納まったけどネ。家へ帰って来てから酒を飲んでアレコレ考えていたら、だんだん腹が立って来てね」

「そりゃそうですョ。もし、僕がこの目で見ていたら一葉の首を絞めてたかも知れません。でも兄さん、あんまり酒を飲み過ぎないようにした方が」

「わかってる！　でも今日だけは飲まずにいらんないョ。もう飲めるだけ飲んで引っくり返って寝ちゃおうと思ってるんだョ。ぬうちゃんが仙台から電話して教えてくれたんで真ッ先に電話をしたんだ！」

「そりゃ、どうもありがとうございます」

「とにかく、そういう訳だから、じゃ」

「おやすみなさい！」と電話を切った。

俺は、今師弟の間に小さなヒビが入ったことを感じている。このヒビが少しずつ成長を始めた。結局円生は、師弟の信頼関係より、秘密厳守を選択してしまった。でもここに新協会が敗北した原点がある。それは、戦争で自分の部隊は信用出来ないからと他の部隊と共同戦線を張って戦うようなものだ。これでは勝てっこない。

それは、きっと円生と俺の間に師弟の基盤としてある信頼関係がなくなり、その後に起こったあの決定的な事件以来、俺の心は、円生を暗い壁の中に塗り込めてしまい、呪いをかけてしまったからなのだ。あの日以来、意識して円生の話題は避けるようになった。たとえ理性では、師が偉大な人であり、尊敬しなければとどんなに思ってみても、深く傷ついた俺の心は、呪いを解こうとはしないのだ。だから書いてる内につい非難がましくなるのは、その呪いのせいなのだ。

円楽の逆襲

電話を切った後、俺はフロへ入り、珍しく十二時前に床《とこ》についた。何かを考えようとしていたが、〃もうどうにでもなれ〃と、考えるコトが面倒臭くなり、疲れも手伝っていつの間にか寝てしまった。

リーン、リーン、と遠くの方で電話の音がしたようだ。リーン、リーン、まだ鳴っている。リーン、リーン……

そこで目を覚ましたが、猛烈に眠い。

「ウルセエなーッ、何時だヨ」と部屋の明かりのスイッチを入れて時計を見ると午前三時。リーン、リーン、リーン。

「誰だヨ。こんな時間に、アー」と布団の上にへたり込んだが、電話は尚もリーン、リーン、リーンと鳴り続けた。

「しょうがない、出るか？」と言ってウロウロと電話口まで歩いて行き、受話器をとって、

「フー、もしもし、円丈です」

「アノー円楽です」

その声に一瞬身構えた。この一言で目が覚めた。

「ぬうちゃんねェ。あんまり動かないでもらいたいんだ。動かれるとやりにくくてしょうがない！」

「アッ、そうですか。どうも」と俺は、謝るような謝らないような返事をした。

「私はねぇ。そっちの披露目に五十日もついてイロイロ面倒をみたんだヨ。その間に仕事だって随分断ってたんだ」

ソーラ、おいでなすった。恩着せ作戦第一弾！　こんなに早く恩に着せるとは思わなかった。ここに二十万のプレッシャーをかけて来たのだ。

第一球、ボール。

そこで俺は、

「その節は本当にお世話になりありがとうございます！」とキッチリ礼を言った。

「そりゃいいヨ。しかし、あんまり方々へ電話をしたりすると良くない。黙って安心して見てればいい。何か心配しちゃいけない。万事任せておきゃ、大丈夫なんだ」

「あー、そうですか！」

「それにだ。何、俺が師匠を担ぎ出して新協会をつくったように言ってる奴があるが、とんでもない誤解なんだ。俺は師匠が出るって言うから、私も一緒に行こうと思ったんだ。師匠について行くのは弟子として当たり前じゃないか」

彼は、なんと円楽が師匠を担ぎ出したと言った俺達の噂を知っていた。やっぱり、円窓が通じていたんだ。それ以外に円楽に教える奴はいない。推理小説ならこれが意外な奴が通じていたりするが、現実は一番怪しい奴がやっぱり怪しいのだ。そこでまた、〝円窓はあーゆう奴なのか〟と思ってしまった。円楽は一気にまくしたてた。

「大体、ウチの兄弟弟子は、何を考えているのかわからない奴ばかりだ。せっかくこっちは一生懸命やってるのにだヨ。円弥は煮え切らないし、生之助はなついたチンコロみたいに師匠に張りついてるだけだし、その上さん公なんて奴は、酔っ払いでどうしょうもねェ。一番下らないのが旭生だ。昼アンドンみたいにボーォとしてアイツはカラバカだ！」

このカラバカにはア然とした。円楽は、ヒステリー性格の特徴なのか、ときに自分の感情を抑え切れなくなることがあるようだ。

「だからネ。心配しちゃいけないんだヨ。俺と談志と円鏡で寄席の根廻しは済んでるんだ。間違いなくうまく行く！」と彼は断言した。

「うん、しかしですねェ。万が一、失敗した時はどうなるんですす」と用心深く反論に出た！

「イヤ、そんなことはない。失敗なんてあり得ない。必ず成功するヨ。俺達がやってんだヨ。失敗するはずがないんだ」と言い張った。

「もちろん、成功すると思います。しかし何か行動するにあたって成功することしか考えないのは危険ではないでしょうか。将棋でも攻めが失敗した場合の受けを絶えず頭に入れてやるものです。今回の新協会も失敗した場合の受けをあらかじめ考えておいた方が」

「あのねェ。ぬうちゃん」と彼は、俺の言葉を途中でさえぎった。

「ぬうちゃんはインテリ過ぎるんだ」

俺のコトをインテリと言った。彼は時々、俺に対してインテリという言葉を使ったが、別に俺は自分でインテリと思ったことはないし、第一本当に自分がインテリだったら落語家になんかなってない。

「ぬうちゃん！　そういうのは敗北主義というんだ！」

全く耳慣れない言葉だ。敗北主義、ことによると今、彼が考えついたのかも知れない。

「いいかい！　何かやる時に負けるコトを前提にやるなんてバカげてる。勝つことだけを考えて、それに全力を尽くせばいいんだ。ところがインテリって奴は、いつも〝負けたらどうしよう〟と考えてしまう。それは敗北主義なんだ。そんなコトでは、勝てるモノも勝てなくなってしまう。それはインテリの弱さなんだ。ぬうちゃん、そんなことじゃ何をやったって成功なんてしない！」と言い返して来た。

しかし、俺だってこうなりゃ円楽に釘《くぎ》の一本も刺しとかなきゃ、気持が納まらない。

「エー、ボクは確かに敗北主義かも知れません。ですけど何かやる時一人なら何をしたって失敗するのは自分だけですからいいですヨ。しかし、大勢を引っ張って何か行動した場合、トップに立つ者は、やはり、最悪の事態を考えた上でやっていただかないと、失敗した場合、下の者は浮かばれませんから！」

「そんなコトはわかってる。それがそもそも敗北主義なんだ！　俺達は勝つに決まってるんだッ。俺達の未来はバラ色だ！」

こんな楽天主義者は見たコトない。もうこれ以上はどこまで行っても平行線。

「エー、わかりました」

「うん、だからとにかく大船に乗ったつもりで任せて。悪いようにしないから、では」

と彼は電話を切った。これ以後円楽は、〝円丈は敗北主義〟というのを言いふらした。俺は高座で、「エー、敗北主義でおなじみの円丈です！」で売ってやろうかと思ったぐらいだ。

円楽は、他の兄弟弟子より、俺に対して少し言いづらそうなトコロがある。だから俺は、大した被害を受けずに済んだ。

だがそんな頃、一門に悲劇が一つ生まれようとしていた。悲劇の主人公は、さん生だった。彼は、俺に電話をした後、飲んでる内に段々腹が立って来た。彼はどうにもやりきれなくなって、思わず志ん朝に電話した。

「アッ、さんちゃん、何ィ？　今頃」

「イエ、今度、新しい協会が出来るんだって？　俺は今日初めて知ったんだョ！」

「エッ、知らなかったの！」と志ん朝は驚いた。

「そのコトは円楽さん除いて誰も聞かされてないんだョ」

「本当？」

志ん朝は、もうとっくに円生一門は、師匠からその話があったもんだと思っていた。

「……だってウチはねェ。五日前に弟子を全員集めて話したんだョ。じゃ、円生師匠のトコは」

「エー、誰も聞かされてないんですョ。しかも今日、行ったら三球・照代や一葉までいるんですョ！　俺はもう、悔しくて。みんなだって同じ気持ですョ。アニさん、わかってくれるでしょう、俺の気持！　そりゃ、俺は今、酔ってるョ。でも言ってるコトはマジなんだョ。……オレねェ、酔いつぶれて寝ちゃおうと思ったんだけど、どうにも悔しくて、情けなくって、寝らんないんだョ」

「……」

「ねェ、聞いてる。兄弟弟子の間じゃ、円楽と談志で円生を担ぎ出したともっぱらの噂なんですョ。……そりゃ、俺は弟子なんだからついて行くョ。……だけどもう少し、他にやり方がないのかねェ……」

さん生のグチは続いていた。

「さんちゃん、もうとにかく寝た方がいいョ。じゃァ」と、志ん朝はようやく電話を切った。

だがこのたった一本の電話が、波紋を呼んだのだ。深夜二時、今度は志ん朝から円生へ電話が入った。

「ヘイ、円生でゲスが、志ん朝さん、どうしたんでゲス」

「師匠、先程さん生さんから電話がありましたが、師匠のお弟子さんは、今度の新協会をつくることは知らなかったということで、弟子にも知らせないようなコトで果たして本当に新協会が出来るかどうか不安ですので、今回のことは一度白紙に戻していただいて……」

「イヤイヤ、志ん朝サン、そりゃ、何でゲス、あの、ソレは」と、円生はあわてふた

めいた。とにかく、その場はなんとか、説き伏せて、

「とにかく、今日は遅いから明日にでもゆっくり話しやしょう！」と電話を切り、今度は円生から円楽に電話が行った。

「さん公が、酔っ払って志ん朝に電話したんで動揺している」と告げられた。

「わかりました。万事任しといて下さい」と今度は、円楽が怒り、深夜、次々に兄弟弟子に電話をかけまくり、そして俺のトコにも来たといった次第だ。

　そして明け方の五時に遂にさん生に電話をした。

「ハイ、さん生ですが」と、さん生夫人が出た。

「さん生を呼んでくれ」と、円楽は高圧的だった。

「イエ、今寝てます」と夫人。

「寝てたら起こせばいいだろ！」

「でもあの人は一度寝るとなかなか起きませんし、もし何でしたら私が用事を伺っておきますが」

「いいか、コレは女子供のわかるコトじゃない！　さん生を出せ！　何を言ってるんだッ！」

　と凄い剣幕だ。そこでカミさんは、しかたなく、さん生を無理やり起こして電話口に。だが寝込みを襲われた上にまだ酔っていた彼は、

「アー、……誰？　全さん、どうしたの」

「何が全さんだ。このバカヤロー！　貴様って奴は、どこまでバカなんだッ」と烈火の如《ごと》く怒った。

「エッ、チョチョッと待って……フーッ、何の話？」

「一体、いつまで寝ぼけてやがるんだ。さん公、お前が志ん朝のトコへ、下らない電話をかけやがって、危うく新協会が潰れそうになったんだ。どうしてお前は、そう与太郎に出来てるんだ！　バカヤローッ」

「イヤ、全さん、俺はねェ」

「やかましい！　俺のことを全さんなんて気易く呼ぶな！　円楽兄さんと呼べ。いいか。そろそろ頭がハッキリして来た頃だから、断っておくけど」

円楽は完全な興奮状態に陥った。

「あのねェ。俺は！」

「やかましいーッ！　いいか、よーく聞けョ。俺の言葉は、円生の言葉だと思え！　大体、お前って奴は、自分が何をしてるか、自覚が全くないんだ。この間抜け野郎ッ！」

と受話器から円楽の唾でも飛び出しそうな勢いだった。受話器を三十センチ程離しても、その声はまださん生に嚙《か》みついて来た。

ないんだぞ」

「聞いてるか、さん公。そんなコトだから、貴様はいつまでたってもウダツが上がらないんだぞ」

たまりかねたさん生が言った。

「……アノー、電話切るヨ！」

「何ィ、電話を切るだァーッ、バカヤローッ、お前はまだ自分の犯した罪の重大さに気がつかないのかーッ、情けない奴だ。座って聞けーッ！　いいか。俺は、お前を前座の頃から、どのぐらいかばって来たと思ってるんだ。貴様は俺に感謝しろッ！　大体、あの時の……」

吠《ほ》えたてる円楽のわめき声は、さん生の住んでいる雑司《ぞうし》ケ谷《や》に渦を巻いた程だ。しかも、そのわめきは、延々二時間に及んだ。

その日の昼頃、さん生から電話があった。でもその声は、いつもの陽気なさん生ではなかった。

「ぬうちゃん、オレ、協会へ戻るヨ！　俺は、噺家になって今朝程情けない思いをしたことはないヨ。たった三月《みつき》しか違わない兄弟弟子からバカ呼ばわりされてさァ。その上、俺の言葉は円生の言葉だと思えと来たヨ」

「エッ、円楽さん、そんなことまで言ったんですか」

「俺は、あの電話の来るまでは大将と一緒に出ようと思ってた。でももう止めたヨ。

俺が一番言いたいことは、何故、俺達と師匠の間にいつも必ず円楽がいるんだ！　何故、俺達は、大将と直接話が出来ないんだ。円楽は師匠の通訳なのかい！　しかも何でその通訳から朝の五時から二時間もバカ呼ばわりされて小言を言われなきゃならないんだ。……だから協会に戻ろうと思ってんだョ」と彼の声は沈んでいた。普通、兄弟弟子ならこんな場合だったら、

「イヤ、兄さん！　もう一度考え直して一緒に協会を出ましょう」と言うだろう。だが俺はそうは言わなかった。逆に俺は、

「兄さん！　ボクも兄さんは協会に戻った方がいいと思いますョ。このまま行けば円楽サンや師匠にイビられると思うし、師匠はあの通り好き嫌いの激しい人ですから、兄さんを噺家としてより、色物として扱いますョ。円楽さんとも今よりもっと差がつくし、残った方が絶対賢明ですョ！」と戻ることを勧めた。

「ぬうちゃん、ありがとう。イヤ、ウチのカミさんも戻った方がいいと言うしねェ。戻るョ。今日にでも師匠のとこへ行って来るョ。いろいろ世話になったネ」

「イエ、とんでもありません。協会へ戻ったら頑張ってやって下さい！」

「もう、逢えないかも知れないけど体に気をつけて、じゃ、さようなら」

「さようなら」

まるで海外永住を見送るような別れだった。何か妙に淋しかった。さん生には一門

を捨てたという淋しさが、俺は、円生一門に取り残されたような淋しさが体を走った。

　この日、二人の脱落者が出た。午前中に好生が、円生宅に行き、

「申し訳ありませんが、落語協会に残りたいと思いますが」と申し出た。円生は、メガネ越しにチラッと好生を見て、

「アァ、そうですか。で、どこへ行くんだ」

「ハイ、林家のトコへ行こうと思ってますが、紹介状を書いていただければ」と好生が言うと、円生はムスッとした顔になり、

「あたしが、林家とは仲が悪いのを知ってるだろう！　どっか他ならともかく、そんなものは書けない！」と言い切った。

　林家正蔵と円生は仲が悪く、特に正蔵の方がライバル心を燃やしていた。長屋に住んでた林家が「芸人はマンションなんか、住むようになっちゃァ、おしまいだ」と言えば、円生も、

「あたしゃ、随分努力してここまで来た。それでマンションに住むなんてのは当然」と言うし、林家が、

「円生さんみたいに高いおアシをとっちゃいけないヨ！」と言えば、円生は、

「大体、今、落語界で、あたしが高いギャラをとるから下の者も金がとれる。林家みたいにいくらでもいいからなんて言っていたら、下の者がギャラがとれない」と言う

し、林家が、

「円生サンは前座をやってないから、人の苦労てぇものがわからないんだ」と言えば、円生は、

「林家は、弟子と一緒に仕事に行って、ギャラを貰うと〝いくらだい〟と聞いて、たくさん入ってると〝お前がそんなにお金をとっちゃいけないョ。これだけ返しておいで！〟とギャラを返させる。そんなコトしちゃ可哀《かわい》そうだ」と反論する。両者の反目は永遠に続く。

一度、俺は師に芸の手帳という日記を見せてもらったことがある。他人の噺を聞いた時の感想が書いてあるが、その中に林家がまだ馬楽《ばらく》といってた当時のことが次のように書かれてある。

〝昭和二十八年九月十六日、馬楽の噺を聞くが、ますます噺が下手になる！〟

つまりもう、この頃から仲が悪かったらしい。この二人を決定的に仲を悪くさせた事件がある。それは円生が協会の会長を辞める時、次の会長は、順から行けば小さんではなく正蔵だった。しかし、協会内部の暗黙の了解として、円生の次は小さんというレールが敷かれていた。そこで円生は、形だけでもつくろう為に正蔵宅へ行き、

「正蔵さん！　会長をやって下さいョ！」と言った。正蔵は「イヤァ、私はそんなガラじゃないョ」と一応断り、二度目にすすめられれば会長になる気だった。ところが

円生は「アー、そうですか！」と言って帰ってしまった。この事件で、二人は本当に仲が悪くなった！　その林家の所へ紹介状というので、円生はイヤな顔をしたのだ。そこで好生に、

「他の所なら紹介状を書いてやってもいい」

「じゃ、結構です！　それから好生という名前ですが、使っていてもよろしいでしょうか」

「アー、当分、使っても構わないョ」

「じゃ、お世話になりました。失礼します」

「アー」

　と実に淡々とした師弟の別れだった。しかし、好生程円生の呪縛《じゅばく》から逃れる為に七転八倒した者もいない。彼の芸風は円生にそっくりだったし、その上背格好もよく似ていて、立居振る舞い、高座でタンを切るトコロまで似ていた。彼は、こうして落語協会に戻ったが、その後も円生の呪縛から逃れるコトは、三年後に悲惨な最期を遂げる日まで出来なかったのだ。

　三時近くになって今度はさん生が入って来た。彼は真っすぐ円生の書斎へ行き、何かの書類を書いていた円生に向かって正座をした途端、円生はジロリと睨《にら》み、

「さん生、お前は何かい、あたしに怨《うら》みでもあるのかい」と厳しい調子で言った。

「イエ、決してそんなコトは」

「どうして志ん朝さんにあんな電話をしたんだッ」と怒った。

「すいません」

「まァ、いいや、何だい。何か、用があって来たんだろ、何だ」と突き放すように言った。

「いろいろ考えましたが、やっぱり協会に残りたいと思いまして」と必死の思いでこれだけのことを言ったが、円生の反応は冷たかった。

「そうでしょう。お前なんぞ、ハナから残ると思っちゃいません。それで他に用はないんだろ。お帰りお帰り」と、円生はニワトリを追うような仕草をした。一度嫌われるとトコトンこんな感じなのだ。

「それで師匠、名前なんですが」

「アー、名前は使いたかったら使っててていいョ！」

「師匠、長い間お世話になりました」

「ハイハイ、わかった」

「失礼します」と言って書斎を出た。さん生が二十年も仕えて来た師匠との別れが、これだった。

それから最後に夫人の元へ行き、

「そういう訳で協会に残ることになりました。長い間ありがとうございました」と深々と頭を下げた。すると夫人はいつものように、

「そうかい、わかったョ。とにかく戻ったってお父ちゃんの弟子なんだから、円生の名を汚さないようにシッカリやっとくれ！」と言った。

「ハイ」

「体に気をつけるんだョ！」

「ハイ、失礼いたします」

さん生は、目にうっすらと涙を溜めていた。そのままコソコソと円生の四〇五号室を出て、エレベーターで降りてマンションを出て明るい日射しを見た瞬間、自然と彼の両腕は上へ上がって行き、思わず叫んだ！

「バンザ――イ」

新協会設立

次の日、俺は、様子を見に円生宅へ行った。そのまま応接間に入って行くと、テーブルに新協会の名簿を置いて円生、円楽、円窓の三人は、それを見ながらアレコレ相談していた。

俺はいつものように絨毯に手をついて、

「おはようございます」と言うと、円生は大きく頷き、並んで座った円楽は、

「ごくろうさま」と返事をした。二人とも今日は上機嫌のようだ。そしてチラッと横を見てソファの隅の方に座ってる円窓に、

「おはようございます」と軽く会釈すると、円窓はニコリともせず〝フン、お前か〟

といった表情で三センチ程頭を下げた。

やっぱり円窓は新協会設立に深く関わっていたのだ。そうでなければここに座って

るはずはない。スパイ役も彼だったんだ。

　三人の目はすぐにテーブルのリストに注がれ、円生は、リストの一人を指さして、

「これは、ウチの新協会の方へ本当に来るのか」

「師匠、それはもう大丈夫です」

　もうこの頃は俺がいても平気で相談は続いていた。

「どうもこうやって見ると数はドッサリだが、どこでも使えるような芸人が少ないなァ。どうだ馬生は来るか！」

　円生が聞くと、円楽は、

「チョッと難しいかも知れません。ですから一度師匠から言っていただければ」と答えた。

「そうか、今度話をしてみよう。それから新協会の幹部は、円窓まででで良かろう！」

「イエ、師匠、その下のコレまで幹部ということにしては」

「うん、うん、しかし円鏡が来るのは良いが、問題はその下だ。セコな奴ばかりだ」

「イエ、そうでもありませんヨ。結構受けますヨ」

「そうか、一番問題なのは、談志のトコだ。数ばかり多くて真打は一人もいないだろ。こういう連中を背負い込むのは下らない」

「でも師匠、談志が来るのと来ないのとでは大違いですから、この辺は目をつぶって」

二人の話は止まるところを知らなかった。その間円窓は、二人の顔を交互に見ながら頷く専門の頷き役！

俺は昔の円窓を想い出してた。昔はこうじゃなかった。彼は、師の家でも兄弟弟子と話もせずに黙々とケイコをしていた。周りの雑音には一切耳を貸さず、全くのマイペース、彼の目はいつも遠くを見つめていた。そんな男らしい円窓が好きだった。

それが、真打になり、円楽の星企画へ入った頃から少しずつ変わって来たが、俺は、円窓に昔のイメージを抱き続けた。だが今ここにいるのは、新協会の幹部というエサを見せられてスッカリ飼い馴《な》らされ、頷くだけの円窓だ。

十年の歳月が彼を変えたのか、俺の単なる買いかぶり過ぎだったのか、とにかく俺は百パーセントの確率で〝円窓は、こういう奴なんだ〟と結論を下すしかなかった。

さようなら、やさしかった円窓兄さん！

「すると後は、コレを入れて」と円生。

「師匠、ソレも入れては」と円楽。

「それからアレを入れコレを入れ」

「エー、ついでにソレを入れ、コレも入れ」

「ウーン、そのまた上にコレとコレ」

もうアレ、コレ、ソレと三人の夢はアレアレソレソレと膨らんでいった。

やがて新協会の人選も一段落すると円生は、メガネを外しながら俺の方を見て、「円丈、なんだ、お前、そんなトコにいないで、そこにお座り」と手招きをしながらソファの方を指したので、「ハイ」と返事してソファに浅く腰をかけた。

円生は大きく息を吸ってから、

「まあネ。今回のことで何故、お弟子さんに黙っていたかわかるか。あたしゃ、ハナッから好生だのさん生なんて連中を信用しちゃいないいんだ。謀り事をするに密なるを以《も》ってよしとするって諺《ことわざ》があるだろう。

あんな連中に話をしたんじゃ、どこへ話が漏れるか、わかったもんじゃない。そこであたしは、計略をもちいて〝円楽のトコへ行け〟と試してみたら、どうだ！　案の定、二人は裏切って出て行った。あァいう奴なんだ。

あたしの目に狂いはなかった。あの二人は、一門の獅子身中《しししんちゅう》の虫だったんだ」

こんな言葉を師円生から聞きたくない。それじゃ、あまりにも兄弟子さん生が可哀そうじゃないか。彼は、最後までついて行こうとしてたのに、それが獅子身中の虫では浮かばれない。

するとと円楽が横から、

「でも師匠、あの二人が出て行ったんで大掃除が出来て、スッキリしてよかったじゃないですか、ガァハッハッハッ」と笑うと、円窓もこれに遅れじと、

「ワッハッハッハッ」

二人の星企画笑いが始まった。三人はご機嫌だった。

「円丈、お前は心配しないでついて来りゃいいんだから」と円生が言うと、円楽も続いて、

「あのー、ぬうちゃん、君は敗北主義なんだ！」とまた、敗北主義が始まった。

「いいかい、私はインテリって奴が嫌いなんだ。先のことを考え過ぎるんだヨ。戦争中の時もそうだった。兵隊にとられたインテリは、もう今度の戦争は負けるんだ、玉砕しかないんだと下らないコトを考えて結局、そういう連中は、銃口を口に銜《くわ》えて足で引き金を引いて、ズドンと自殺しちゃう。ところがバカな奴は、そんなこと考えないから夢中で戦って、気がつくと生きて帰って来てた。新協会はバラ色なんだ。もう出来るに決まってるんだ。

だからそういう敗北主義的な考え方はやめた方がいい。ねェ、そうですよネ師匠」

と円生に同意を求めると〝何だかよくわからんが円楽の言うコトだから間違いはなかろう〟という顔をしながら師は、

「うーん、うん」と大きく頷いた。

三人の顔は一様に満足げで、一様にニコやかな顔つきをしていた。だが円生は、理想の協会を！　円楽は、〝もうすぐ俺の天下に！〟、円窓は、〝とにかく幹部！〟と全

く同床異夢だった。

協会分裂はもはや時間の問題となり、状況もたった一日で目まぐるしく変わった。

今まで新協会設立の動きもある限られた人間で秘密が守られたが、やがてその秘密を知る者の数が徐々に増加を始め、ある限度以上にその数が増えた瞬間、大爆発を起こし、新協会の噂はビックバンのように楽屋を貫き、ほとんど一晩のうちに広まってしまった。

そりゃそうだろう。一人のお喋りは、二人のお喋りに、その二人のお喋りは四人のお喋りに、これがドンドン広まって、もうお喋りねずみ講というか、光ファイバーより速いお喋りネットワークなのだ。

こうなると、俺の方にもいろんなトコから情報が飛び込んで来た。

まず志ん朝一門。五月十一日、弟子を全員集合させて、志ん朝より、

「今度、落語協会を抜けて円生師匠と新協会をつくることになったから」と説明を受けて、弟子一同納得！

次に志ん朝の兄にあたる金原亭《きんげんてい》馬生。この時点で馬生に全く変化なし。しかし彼の弟子達は新協会の噂を聞きつけ、

「なァ、おもしれえから一緒に出ようじゃないか」と相談し、一番弟子の伯楽《はくらく》に、

「兄さんから師匠に一緒に出るように言って下さい」と伝えるも、馬生は全く動かず、

どっちにするか悩んでいるのか、残ると決めたのか、判明せず。

円楽一門。後でわかったことだが、数日前に弟子を集め、新協会をつくる為に協会を出ると説明する。俺達兄弟弟子には内緒で、自分の弟子には話してた。汚し！

橘家一門。円蔵は、弟子に対して全くの説明なし。その代り円鏡から弟弟子及び自分の弟子に説明があった。

その円蔵の一番弟子の三平一門も集合がかけられ、その席で三平が「実は新協会が出来るけど、みんなの意見を聞きたい！　みんなが出たいというのなら出てもいい。私としてはあまり出たくないが、どうだ？」と聞いた時、一番弟子のこん平《ぺい》は、三平の足にすがりつき、「いや、私は師匠の行く所にどこまでもお供します！」と言った。その時のアノ演技はクサかったと、兄弟弟子の中で評判になった。

こうして、一番弟子の林家三平は、いち早く残留を決意し、円鏡を必死に慰留する。

「どーも、タイヘンなんスから、円鏡！　残りなさい！」

「イヤ、アンちゃん、俺は出るヨ！」

「もし、失敗したら弟子はどうするン」

「焼鳥屋にでもさせるヨ」と慰留工作は失敗に終わり、三平一門を残して全員新協会へ。

立川談志一門。談志は、鈴々舎馬風《れいれいしゃばふう》及び、師であり会長である小さんの倅《せがれ》、柳家三《さん》語楼《ごろう》、そして自分の弟子全員を連れて移ると円生サイドに通知あるものの、この日までに弟子を集めた様子一切なし。

ざっとこんなところだった。何といっても一番疑わしいのは談志だ。こんなに煮詰まった段階でもまだ弟子に何の説明もしていない。どこまで本気なのか信用出来ない。第一、鈴々舎馬風、三語楼を連れて来るなんて出来っこない。ほとんど創作の世界じゃないのか。

今回、新協会成立のキャスティングボートを握っているのが三平、馬生の二人だと思う。この二人がとれれば新協会の完勝だ。だが三平は既に残留を決意してる。

何故、三平は残留したのか。その理由の一つは彼自身の危険な方には近寄るなという生き方が影響していたが、もう一つ忘れてならないのは円生が三平を全く評価していなかったことだ。円生は、

「三平の芸は草花だ。どんなにきれいに見えても一年たてば枯れてしまう。そこへいくと古典は松の木だ。見てくれは悪いが決して枯れることはない」とよく言っていた。

それ故、楽屋でも三平に接する時の円生は妙に冷たかった。また、三平も円生を煙ったがっているところがあった。結局この辺にも早々と残留を決めた理由があるような気がする。だから円生も、普段から楽屋で三平に逢ったら、

「おや、三平さん、今日の小噺はなかなか乙でげしたナ、テヘヘヘッ」なんてヨイシ

ョをしてれば、こっちへ来る目は充分にあった。

人間、何かの決断を迫られた時、最後に基準になるのは、案外好きか、嫌いかという単純なトコロへ落ち着きそうだ。

現に俺が落語協会に戻りたい最大の理由は、円楽とはいたくない！ これだけだ。

この日の夕方、池袋の喫茶店で夢月亭歌麿《むげっていうたまろ》と今度やる新作落語の会の打ち合わせをすることになっていた。彼は、先代柳家つばめの弟子で師匠に先立たれ、小さんの弟子となっていた。

落語家としては珍しく早稲田大学卒で落語界きっての理論家、どんなコトでも適切な評論をすることが出来た。

俺が約束の喫茶店に入って行くと、

「やァ、兄さん！」と人なつっこそうな顔で手を上げた。

「やァ、遅くなっちゃってごめん」と早速、落語会の打ち合わせをした。打ち合わせが終わってから俺が、

「イヤー俺、今度協会を飛び出ることになっちゃったんだョ」と言うと彼は、いたずらっぽく笑ってみせ、

「ヘッ、ヘッ、知ってます。イヤァ、ホント、もう、楽しみだなァッ！」

「楽しみじゃないョ。せっかく真打になって五十日の披露目が終わった途端〝分裂だ

ァーッ！〟って、それじゃ何の為に真打になったんだかわからないョ。ホントついてないネェ」

「イヤ、兄さんはそうでも、外から見てる我々は面白いですョ。イヤァ、ワクワクするなーァ！」

全く変な奴！

「ところでさァ、今度の新協会のコトをどう思う？」と聞いた。

「僕もそんなに情報に詳しくないんですけど、新協会という発想は、談志さんですョ。この発想は、落語協会を二つに割り、今まで芸術協会と落語協会が十日間ずつ交互にやっていたのを、新協会を加えて合計三つで三十日、つまり一月《ひとつき》で一廻りさせる。その方が寄席の側も顔が変わってよい。その辺から来てるんですが、もう二年程前に談志さんがウチの小さんに話してました。ですから談志―円楽ラインでその辺の根廻しありの円生師匠担ぎ出しというトコロじゃないんですか」

「フン、フン、フン」と思わず感心した。

さすがに評論の歌麿、俺も大体同じ意見なんだけど、彼の話の方がわかり易くて重点ポイントも一目でわかるチャート式！　偉い。

「ところで問題は談志さんなんだけど、俺は、来ないんじゃないかと思うんだ。だって自分の師匠は、落語協会の会長でしょ。それに弓を引いて新協会に移るなんて出来ないと思うけど、この談志さんの去就はどうかね」

相手が評論の歌麿だと思うと、つい〝キョシュウ〟なんて難しい言葉を使ったりした。

「まァ、微妙なとこですね。でもそれを言う前にまずウチの小さん師匠と談志さんの関係をお話しした方がいいですね。元来あの二人は、師弟というより、むしろ親子に近い。それどころか実の親子以上の信頼関係にあったんです。だからウチの小さんは、談志さんに対してどんなわがままでもこれまでは許して来た。

確かに時々は酔っ払って二人で口ゲンカとかよくあったが、それは近親憎悪的なところでのもめ事、つまり単なるささいな親子ゲンカでした。だから信頼関係にヒビの入るようなことは決してなかったんです。

それが去年、師匠の誕生日会の時に談志さんは酔っ払って、〝俺に落語協会の会長を譲れ！〟と言い出したあたりから、そろそろ二人の関係がおかしくなって来た。師匠の小さんはいつものことだと思っても、周囲が黙ってない。

〝いくら何でもあそこまでは言い過ぎだ〟

〝師匠は、談志に対し、もう少しケジメをつけるべきだ！〟

とそんな声が噴き出して来たんです」

「フン、フン、フン、面白い話だねェ」

思わず俺はカタズを飲んだ。それから？

「そこで中には師匠に直接言う者も出て来て、師匠も〝なる程〟と少し反省したんです。まァ、その辺で二人の関係がやや疎遠になった。そうしたらウチに二、三のゴタゴタがあったんですが、弟子一同の協力があって問題は解決した。その時談志さんは、知っていても何一つしなかったんです。そこで師匠は〝なんだ、アイツは、大きなことを言ったって口だけじゃねェか！　どうも信用出来ねェ〟と思うようになり、そこで他の弟子と師匠の信頼関係が深くなって、一方談志さんは、一門の中では浮いた存在になっていった。

そこに談志さんにあせりが出た。柳家一門で浮くということは、とりも直さず落語協会で浮くということにもなるんです。

このまま行けば、師匠が亡くなっても小三治《こさんじ》がいるから小さんの名前は継げないし、落語協会の会長にもなれそうもない。そこで円生師匠の担ぎ出しを図ったということでしょう」

「フ――ン、なーる程ねェ。そこで肝心の談志さんの去就は？」

「わかりません。非常に微妙ですョ。協会を飛び出して師匠を裏切ることは、弟子にとってはなかなか決心の要《い》ることです。しかし仮に今の段階で戻ったとしても柳家一門は、全員このことを知ってますから、快く迎えませんよ。更に一層談志さんが浮くことになり、彼を支持し、従おうとする兄弟弟子は皆無となり、一門の中で発言力を全く失うことになりますョ。その辺で悩んでるんじゃないですか。

それが証拠には今朝、志ん朝師匠の所へ弟子がいる時に談志さんから電話が入り、大分動揺してる様子だったんですって！

その時志ん朝師匠が、〝大丈夫だよ。そんな心配しなくたって一緒に出るんだから〟と言ったのを、弟子が聞いてるんですョ！

まァ、戻りたい気持が五割、新天地で活路を開きたい気持が五割で五分五分ですが、そこに失敗したらどうしようという不安が一割プラスされるから、四分六の割合で戻る可能性が強いんじゃないですかね」

「フ――ン、なる程ねェ」

実に鋭い読みだ。

「それからねェ。馬生師匠が全然動いてないんで、摑み切れないんだけど」

「イヒヒッヒッ、聞いて下さい、聞いて下さいョ。ハッキリ言いますけど、馬生師匠は出ませんョ！」と、またまたうれしそうな顔をして言い切った。

「エッ、エッ、どうしてそんなにキッパリ、断定するの？」

「実はウチの小さんが手を打ったんです！　イッヒッヒッ、そりゃ師匠の小さんから見れば円生師匠は先輩です。一応事態がハッキリするまでは、円生師匠の顔を立てて静観という立場をとっていたんです。でも事態がここまで来ると、落語協会の会長としても何らかの対抗策を講じる必要があります。だって円生サイドでは、落語協会員の切り崩しにかかってる。つまり戦いを仕掛けられた訳です。

　確かに円生師匠から見れば理想の協会づくりという正義の戦いかも知れません。ところが落語協会側から見れば今度出来る新協会というのはエイリアンなんです。落語協会と芸術協会が交代で寄席をとり、平和に暮らしていたトコに突然、エイリアンが現われて割り込んで来た。しかも落語協会員を引き抜いて、次々とエイリアンにしてしまう。凶悪なエイリアン達は、更に善良な協会員に襲いかかって来る。協会は荒れ果て、今や落語協会は滅亡の危機に瀕《ひん》していた。

　その時たまりかねた正義の味方、ウチの小さんが協会の平和を守る為、遂に立ち上がったのです」

「なる程よくわかるね。しかし、歌麿さん、アンタは、高座の噺より、こういう雑談の方が面白いねェ！」

「よして下さい」

「ジョーダンです。で小さん師匠は、具体的には何を」

「そこです。ウチの小さんは、馬生師匠に副会長のポストを用意し、馬生師匠はこれを内諾した訳です。馬生師匠にとっても果たして出来るかどうかわからない新協会より、落語協会の副会長の方がズーッと魅力がありますヨ。

うちの小さんがしたことは、たったこれだけです。でもこの一手は、絶対の一手ですョ。あの常任理事に対する不満は、うちの柳家一門の中にすらあります。それが馬生副会長就任によって協会員も納得するし、〝馬生師匠は残るのか！〟ということで、浮き足立った会員の気持を抑えることが出来る。

また馬生師匠が新協会へ行けば、柳家一門に匹敵する古今亭《こんてい》ファミリー全員が出ることになるが、馬生師匠を副会長にさせることによって古今亭のほぼ三分の一の流出で済むことになり、その上志ん朝師匠が協会へ戻る時のパイプ役にもなるし、あの常任理事の牽制《けんせい》にもなるし、もう、一石二鳥どころか、一石百鳥ぐらいの価値がありますねェ」

「そうかァ、そうすると協会に残るのは、小さん、正蔵、馬生、三平、志ん馬《しば》、円菊《えんぎく》、こん平、円歌、柳朝、金馬、小《こ》せん、小三治といったメンバーになるのか」

「そうですョ。それにこのメンバーから新協会へ行きそうな師匠がいますか？」

聞き返された。

「ウーン、まず、いないネ！」

「そうでしょう！　そこで新協会のメンバー、談志さんは、どっちだかわからないので外すとしますョ。すると円生、円楽、志ん朝、円蔵、円鏡、円窓、まァ、お世辞で入れて円丈」

「そんなの入れなくていいョ！　こう見ると、メンバーは落語協会の二分の一だネ」

「でしょう？　もし馬生師匠に行かれると、他にも志ん馬師匠、円菊師匠といったところも行く訳です。するとメンバー的には五分五分に近くなって新協会が成功する可能性は高くなる。

そうなれば談志さんの不安は消えて、四分六で帰るから、五分五分に変わり、下手すると逆の四分六で新協会へ行く可能性すら出て来る訳ですョ。だから馬生副会長就任の一手の重みがここにある訳ですョ」

「な――――る程」

もう彼は評論の天才！　落語もガンバレ！

「でもこれはオフレコですョ。兄さんだから話したんですからッ！」

「もう、充分わかってますョ。俺は口の堅いのと歯の出てるんじゃ有名なんだから」

「そうですか～ァ？　でも僕は、小さんの弟子だから言う訳じゃありませんけど、ウチの師匠は本当に心が広いんですョ。

だって普通なら、自分の協会員がどんどん引っこ抜かれてたら〝一度、新協会加入者は以後、如何なる場合も落語協会は受け入れない〟なんて通告を出すとか、いろいろと協会員を締めつけにかかるモノですが、師匠は何もしない。ただ馬生師匠を副会長にさせただけなんです。

あとは全て受けて立つ。横綱相撲ですョ。こりゃ、本当に偉いと思いますねェ」

「フーン、なる程！」

もう評論の歌麿先生に言われると、何でももっともだと思えて来る！

「で、最後に聞きたいのは、新協会が寄席を三分割して寄席の興行が打てる可能性だけど、ここらどうかね」

「うーん、非常に流動的ですねェ」

さすがに評論家は、言うコトが違う。流動的と来た。何にでも使えるよい言葉だ。

仲間と飲み屋に入って、

「今日の勘定は誰が払うの？」

「うん、流動的」

いい言葉だねェ。今度使っちゃおう。キャッチ・コピーにも使える。

〝時代は、今、流動的〟、いいなァ。尚も歌麿大先生は続けた。

「正直言うと読めません！　最後は対協会と寄席の駆け引きですからねェ。これはもう我々には手の届かない雲の上の話ですョ。下界の我々には、お席亭という雲上人の考えるコトは、とんとわかりませんねェ」

評論家先生もここで力尽きた。そりゃ、そうだ。こりゃ誰に聞いたってトント見当がつかない。でも他の一門の連中と話をすると何故か、ホッとする。一門だけでいると息が抜けないのだ。久し振りに楽しい時間だった。

円生、小さん　トップ会談

歌麿が四分六で談志が戻る可能性が強いといったその深夜、円生宅で円生、志ん朝、談志、円楽のメンバーで新協会の序列等の最終的な詰めが行なわれていた。

会長には円生、これは文句なく決まった。しかし、問題は、ナンバー2だった。このナンバー2こそ、ポスト円生であり、次期会長なのだ。円楽、談志、志ん朝の三人は、キャリア、知名度、収入等、ほぼ横一線に並んでいた。キャリアではやや談志が古く、真打になったのは志ん朝が古く、笑い声の大きさでは円楽！　とにかく甲乙つけがたかった。

いよいよナンバー2に話が入った時、

「師匠、二番目は私ですよネ」と談志が切り出すと、

「イヤ、二番目は志ん朝さんでゲス！」

この円生の鶴の一声でナンバー2は志ん朝に決まった。そして三番目が談志、四番目が円楽となった。この後四人で酒を飲み、その場はそれで収まっていたが、談志の腹の虫は、三番目では収まるはずもない。しばらくして談志は、円楽を別室に呼び出して、

「冗談じゃねェぞ。俺は三番目じゃやってられねェ。降りる!」と言い残して帰ってしまい、それっきりだった。

しかし三番目という位置は、そんなに悪い位置ではない。本来なら円生も弟子の円楽を三番目にしたかったが、政治的配慮で弟子を四番目に下げたのだ。だから本当に序列が不満で飛び出したのか、あるいは最初から戻りたくてウズウズしてて、序列にケチをつけて飛び出したのかは、当人に聞く以外にない。

この事実は次の日、梅生からの電話で知った。

「兄さん、どうやら談志さんが協会へ戻ったようですヨ」

「へーェ、やっぱりネ。そんな気がしてたんだァ。で誰から聞いたの?」

「エー、雲助《くもすけ》から聞いたんですヨ」

「へェー、そんな情報をなんで金原亭一門の雲助が知ってんのかねェ。変なルートだネ。明後日師匠んトコへ行くけど! じゃァ昼ごろ行くから、そん時会おう! また」

電話を切って五分もたたないうちに、

リーン、リーン……

「ハイ、円丈でございます！」

「円楽です」

ギクッ！　俺はまたまた身構えた。大体この人からの電話ってロクなことがない。

「円丈、今度六月の上席に末広亭に入っているなァ」

そうなんだ。俺は五十日の披露目が終わって二十日ばかり休養で寄席を休み、初めての出番が新宿末広だった。俺の出番が夜席の六時半上がり。夜席は五時から始まり、普通、真打になったばかりだと二、三本目に出ることが多いが、俺は六時半上がりの八本目だった。

俺は、うれしかった。末広は、俺のことを買ってくれてるんだ。よーし頑張るぞォと張り切っていた。

「それでだなァ。今度新協会が出来るんで、六月はまずいんだ。で顔付けを見たら、円弥と円丈の二人だけ末広の出番がある。円弥は、出ないと言ってるんだが、円丈、お前はどうするんだ！」

困った！　本当に困った。断らなきゃいけない。でも出たい。何としても出たい。やっと廻って来たチャンス。この手で摑みたい。必ず摑んでやる。死んでも出たい。

そこで俺は、とぼけて、

「でも新協会が実際動き出すのはもっと先でしょう。大丈夫じゃないですか！」

「イヤ、ダメだ。その頃はどうなってるかわからないんだ。円弥は出ないと言ってるんだ。お前はどうなんだ」

全く駆け引きのうまい人だ。すぐこうやってプレッシャーをかけて来る。

「そりゃ僕だって円弥兄さんが出ないと言えば出ません、が……」

「が、なんだ」

「もう少しいいんじゃないですか？」

「そんなのはダメだ！　急いでるんだから。このまま行ったら末広にも落語協会にも迷惑がかかるんだ。円弥は出ないんだ」

わかってる！　そんなこと。バーロー！

「ハイ、じゃ出ません」

「出ないんだな？」

「ハイ」

「じゃ、すぐに協会の事務所に電話してくれ」

俺も少し腹が立って来たから、

「アレッ、そーゆー電話はやっていただけるんじゃないですか！」

「そんなもんは自分でしろッ」

「ハイ」ガチャッと電話を切った。

全く俺もついてない男だ。借金して披露目をして、やっと出番があったと思ったら出られない。本当に悔しい。しかも円楽は当人に電話をさせて自主的に取り消したようにしてる。それでも仕方ないと、協会事務員の岸に電話を。

「あのー円丈ですが、全く突然で申し訳ありませんが、六月上席の出番をエー、どなたか別の人に！」

「エー、そうですか。イエ、円弥さんも同じようなことを言って来ましたが、何かあるんですか？」と事務員の岸が聞き返して来たが、しかし、事務員である彼が、新協会の噂を知らないはずはなかった。

「どーしても出られないんですが」

「そうですか、末広の六時半抜擢ですヨ。残念ですねェ。しかし、これを末広の大旦那が聞いたらイヤがりますヨ」

これを聞いてイヤになった。出ると末広に迷惑がかかって、出ないとイヤがられる。じゃ俺はどうすりゃいいんだ。

「本当に出られませんか！　わかりました。じゃ、そこんトコロは万事協会の岸がうまくやっておきますんで、ハイ、お元気で」と彼は電話を切った。さすがに元噺家の事務員だけあって如才《じょさい》ない。

二日後、円生宅へ行くと円弥がいて、

「ねェ。ぬうちゃん昨日、円楽さんから電話がなかった?」と親しげに話しかけて来た。

「あーりましたョ。〃円弥は出ないと言ってるが、円丈、お前はどうするんだ!〃って」

「エッ、本当ッ!」と一瞬円弥の顔が真顔になった。

「ぬうちゃん、本当に円楽さんが〃円弥は出ないと言ってるが〃と言ったの!」

「そうですョ。三回聞きましたョ」

「そうかァ。円楽ッて男は汚ねェなァ。だって俺んとこへ電話があった時〃円丈は出ないと言ってるが円弥、お前はどーする〃って言って来たんだョ」

「兄さん、そりゃ、マジですか」

俺はとっさにやられたと思った。全く見事なトリックプレーだ。俺には〃円弥は出ない〃と言い、円弥には〃円丈は出ない〃と言う。お互いの名前を出し、いやだと言えないようにワナを仕掛けてから、〃で、お前はどーする?〃と聞く、この陰険なやり方! ムカツク程完璧だ。

「兄さん、悔しいですネ。バカにしてますョ」と俺が言うと、

「円楽って男は、そのぐらいのウソを平気で言えるぐらいだから、師匠を丸めこむなんて訳ないんだなァ。……しかし、悔しいなァ、チクショウ!」

円弥は五分刈の頭をボリボリかいた。それからしばらくして、梅生が弟子の部屋へ「おはようございます」と入って来たので、三人で師匠のいる応接間の方へ行った。

我々三人が入って行くと円生は、待ち構えていたように、

「あッ、お前達、二十四日の日に新協会の記者会見をすることになったから、ウン、ウン」と得意満面、日本晴れ、風力3という顔をして言った。すると円弥が、

「エッ、記者会見？」と聞き返した。

「イエ、円楽がねェ。やっぱりこういう時は、記者会見をした方がいいと言うんでネ」

そうか！　とその瞬間気がついた。あの円楽の〝末広に出るな〟と急に電話があったのは、記者会見の時に発表するメンバーの中に当然俺達の名前がある。それが落語協会の興行する末広に同時に出ていたのでは困る訳だ。そこであの電話になったんだ。どうして円楽はいつも俺達をないがしろにするのだろう。それを考えると悔しかった。

こんな俺の腹の内とは逆に、相変わらず日本晴れの顔で円生は話した。

「そこで円楽サンがネ、会場から何までそっくり手配をしてくれて、赤坂プリンスでやることになったんだ。ウン、ウン、円楽が言うんだヨ。〝師匠、噺家がキチンとした記者会見をするのは、これが初めてでしょう〟ってな。テヘヘヘヘッ、まァ、あたしも随分長く芸人をやってるけども、噺家が記者会見をしたというの見たことがない！　イヒッ、こりゃ、落語界開闢《かいびゃく》以来だネ。テヘヘヘヘッ」

俺達の気持も知らないで目尻はタレ、頬はゆるみっ放し。思わず俺は、ゆるんだ頬を引っ張ってやりたくなった。

「しかし」と言ってから円生は、普通の顔に戻り、

「これで寄席が出来たら忙しくなるぞ。みんなも地方の仕事は極力控えてもらってフルに寄席に出てもらわないと困る。何しろ、メンバーが足りないんだ。あたしだってセッセと寄席へ出ますョ。代演にだって出るョ。円楽の代演でも円窓の代演でも何でも出るつもりだ。一生懸命働いておくれョ」

「ハイ」と円弥が答えた。

実はこれは後でわかったことだが、新協会が寄席に根廻しをする段階で何と一年間の寄席の出番表を作り、席亭に見せていたのだ。

それからいろいろ円生の話を聞いているところへ円楽が、

「師匠、おはようございます」

と言って入って来た。俺は少し横目で睨むように挨拶して円楽を見たが、電話の一件なんかドコ吹く風、全く意に介さなかった。

ズカズカと歩いて行き、円生の隣へドカッと腰をかけた。そして二人で話し始めた。

「あたしゃ、あの談志って男が、ああまでいい加減な奴だとは思わなかったネ」

「師匠、でもあいつがいると火種を抱えたままで新協会が出来ることになります。そ

れがあいつが出て行ったんで、かえってスッキリしてよかったじゃないですか！」

　円楽は不思議な男だ。誰か抜けると必ずスッキリしたという。どんどんこれでスッキリしていったら最後、誰もいなくなってしまう。

「師匠、赤プリの記者会見の手はずは、もう全部終わりました。こりゃ、記者の連中が結構集まりそうですヨ！　でもせっかくの記者会見ですから、言うべきところはチャンと言って下さい」

　すると円生は真顔で大きく頷いて、

「あたしだってそりゃ、チャンと言わしてもらうョ。今までサンザン辛抱して来たんだ。常任理事のことや、大量真打のこと、こうなったら、もう何もかも洗いざらいぶちまけて、小さんの鼻をあかしてやる！」と息巻いた。

　それを聞いていてまた、ド――ッと暗い気持になってしまった。もうやめて欲しかった。冷静に考えれば、どちらにも言い分がある。

　世間によくある本家と元祖の争いみたいなもので、いくら言い争ったところで結局最後はドロ仕合になって、お互い傷つき合うのがおちじゃないだろうか。

　たとえそれ程までして円生が理想の協会をつくったところで、何年か先に死ねば、そこでまた権力闘争が始まる。もう先は見えてる。第一、理想の協会が出来るというのに何故、好生、さん生は出て行ったのだ。何故、兄弟弟子同士がこんなに疑い、憎しみ、いがみ合わなきゃならないのだ。理想の協会づくりをするのに何故、弟子をあざむく必要があるのだ。

そして今のこの状態でそのまま協会になったら、一体これのどこが理想の協会なんだろう。

どこかが間違ってる。分裂騒ぎが始まってまだ十日程しかたっていないのに、二人の弟子が出て行った。だがそんな気持とは逆に、二人のボルテージはますます上がる。

「円楽、あたしゃねェ。席上で全てを話して、一体どっちが正しいかを聞いてもらおうと思ってる。聞く人が聞けば、非は小さんにありとハッキリわかるんだ！」

「師匠、ぜひ言って下さい。私は、小さんが嫌いなんです。大体、今回の騒動は、元はといえば、全部小さんに原因があるんです。男芸者みたいにあっちへベタベタ、こっちへベタベタ、女の腐ったようにフニャフニャしてるからこんなコトになる。アレが私の弟子だったら叱り飛ばしてやります！　小さんなんて奴は、ロクなもんじゃない。絶対、小さんが悪い！」

俺は、円楽の露骨なののしりを聞きながら気の遠くなる思いがした。正直言って記者会見には反対だった。二人は完全に新協会が絶対出来ると信じ込んでいるが、俺はまだ疑っている。完全に出来ると決まった訳ではない。その段階で記者会見をするのは危険だ。リスクが大き過ぎる。

その記者会見の席上で大ミエを切って、もし出来なかったらどうするつもりだろう。引ッ込みがつかなくなる。その上戻るに戻れず結局、日本全国をドサ廻りするドサ廻り協会になってしまう。

円楽に〝トップに立つ者は、最悪の事態を考えて行動して下さい！〟と釘を刺したのは、そういう釘なのだ。その釘が円楽にはわからない。ヌカに釘。円楽は、ヌカだった。

円生、円楽の話はまだ続いていたが、三人は早々に円生宅を切り上げて、近くの喫茶店に入り雑談した。

その雑談の中身は、ほとんど円楽の悪口！　これが異常な程盛り上がる！　考えてみれば情けない話だが、こんなことでも話してないと気が晴れないような息苦しい一門になっていた。

記者会見の前夜、椿山荘《ちんざんそう》で円生、小さん会談が行なわれていた。

「会長を譲ってもいいから協会に戻って来て欲しい」と会長小さんは譲歩したが、「あたしは二度と協会へ戻る気はありゃせん」とすげなく断った。

自分の目の黒い内に理想の協会をつくりたいという願いにとりつかれた円生を、もはや誰にも止めることは出来なかったのだ。

でもこの円生と小さんの素晴しさは、全然私心のない、権力欲を持たないという点だ。

もし権力欲があれば、円生は小さんに会長を譲る訳はないし、また、小さんも円生に会長を譲ってもいいから戻って欲しいなどと言うはずはなかった。しかし、正確には、かなり違いがあった。

円生は、キッチリと筋を通し、曲がったことの嫌いな人だったが、それ故にやや包容力に欠ける面があり、ある人からは偏屈に思われていた。

一方、小さんは、包容力に満ちあふれた人で、まるで広大無辺の菩薩《ぼさつ》のようなやさしさを持っていたが、それ故に何かの決断をする時にこのやさしさが足枷《あしかせ》となって決断力を鈍らせ、人によっては優柔不断に見えたのだ。

ちょうど漱石《そうせき》の〝知に働けば角が立つ、情に棹《さお》させば流される〟の文句のように、知に働いて角が立ったのが円生で、情に流されたのが小さん。とかくこの世は住みにくい!

三遊協会・記者会見

翌二十四日三時、赤プリのゴールデンルームで記者会見が行なわれ、弟子は赤プリに十時半に集合することになっていた。

円楽が盛んに赤プリと言ってたので俺も赤プリという言葉を使った。何か赤プリというと赤坂プリンスホテルを千回も使ったような気になってよかった。だが赤坂の駅を降りてから赤プリへ行くまでに迷ってしまった。場所すらよく知らなかった。

やっと探し当ててゴールデンルームに来てみると、〝三遊協会設立記者会見場〟という看板が入口にあって、

「エッ、〝三遊協会〟っていう名前になったの?」と初めて知った。何事も秘密にしたがる新協会は、俺達下っ端《ぱ》には、協会の名前すら教えてくれなかった。

別に教えてくれないからケチをつける訳ではないが、三遊協会という名前は気に入

らなかった。大体協会名というのは落語協会、芸術落語協会、上方落語協会というふうにグローバルな名前をつける。あまり三遊だの柳だの桂なんて亭号にこだわるような協会名はつけない。今度の新協会は、三遊亭だけじゃない。古今亭もいれば橘家もいるし、月の家《つきや》もいる。なのに三遊協会。多分、円生に気を使ってのものだろうが、何か三遊協会というと一つに偏った小さな会に見えてしまう。

だからどうせなら大きな名前にして欲しかった。全世界落語協会とか、W・W・A公認落語協会なんてふうに、とにかく大きな名前にして欲しかった。

俺が場所がわからなくて遅れたせいか、兄弟弟子は全員揃って受付の準備にとりかかっていた。

「おはようございます」と言いながら兄弟弟子を見渡したが、どうもメンバーがいつもより少ないと思って、

「ねェ、兄弟弟子全員でこれだけ？　何か少ないような気がしない？」と梅生に聞いた。

「きっと好生さんとさん生さんが抜けたせいじゃないですか」

「アッ、そうか」と納得した。いつもならここに好生、さん生の二人がいたのだ。その時俺は本当にあの二人は行ってしまったんだなァと実感が湧いて来て、フト淋しい気持になって来た。

十一時を廻る頃から幹部が続々と入って来たが、普段寄席へ入るのとは違い、どの顔もやや緊張気味で表情は堅かった。

ただ一人いつもとほとんど変わらず、むしろ晴れがましい顔をしていたのが円楽だった。

彼は、ナチスドイツ時代の宣伝相ゲッペルスのように対マスコミ戦略に優れた手腕を持った男だ。

以前兄弟子の生之助が星企画に入っていた頃一緒にタクシーでテレビ局へ向かったが、その時円楽は、インディアンとプレスリーの衣装を足して二で割ったようなドハデな服装をしてた。

それを見た生之助は、冗談で言った。

「ワァー、何ィ、それ、恥ずかしいなァ。一緒に歩く時は、少し離れて歩いてヨ！」

「ガァハハハハッ」と笑って済んだが、タクシーを降りた途端に、

「六ちゃんは、そんなことだから売れないんだ。いいかい、芸人はいつも周りから自分がどう見えるかを考えてなきゃいけないんだ。第一、お前の服装は地味すぎる。もっと考えろ」と大マジに小言を言われた。

これはかなり以前の話だが、その当時からこういった思考方法を持っていた。

俺が、円楽と話していた時によく出る名前が志ん生だった。彼は志ん生を尊敬して

るようだったが、それは志ん生の芸に対してではない。彼はある日、俺にこんな話をした。

「ぬうちゃん、俺は志ん生って人が好きなんだ。昔協会でマッタ倶楽部《くらぶ》って将棋のクラブをつくって毎月一回、将棋大会が行なわれていたんだョ。ある時みんなで将棋を指してるトコロへ新聞記者が来た。そうしたらその時突然、志ん生師匠が〝マッタ！〟をした。

相手は二ツ目だから、〝ハイッ〟と元に戻したんだ。そうしたら、

〝アッ、これも待った！〟

〝ハイ〟

〝これも待った〟

とやってる内に、最後は戦う前の最初の駒の配置になっちゃった。それを見てた新聞記者は、次の日の新聞に〝志ん生は、将棋を指しても芸になり〟と書いたんだョ。だって俺は、そん時見てたんだぜ。それまではみんなと同じように黙って指してたんだョ。ところが記者が来たとたんにガラッと変わってマッタを始めた。

俺は、これだなと思った。志ん生師匠は、自分を記者にどう見せるかを計算した。記者が噺家の将棋を取材に来るのは、真面目に指してるトコじゃない。何か面白いとこがあるんじゃないかと思って来てるんだョ。

その時志ん生って人は、この記者は自分達に何を求めているのか、志ん生というイメージを損なわないようにする為には何をしたらいいのかを、自分で感じとってマッタをしたんだョ。偉い人だねェ」

円楽はしきりに志ん生を誉めた。この、相手のマスコミは自分に何を求めているのか、その為には自分が何をしたらいいのかということが、対マスコミの行動原理になってる。

これは、二年周期で意見のガラッと変わる円楽の中でもこの行動原理だけは変わることがなかった。彼が現在も消えもせずに活動していられるのは、この行動原理のお陰だと言っても過言ではない。

彼の対マスコミ戦略は、それだけではない。

俺が入門した頃から既に、ある新聞記者、放送局員の二人が頻繁に出入りし、この二人は完全な円楽の協力者であった。また、彼のつくった星企画を通じ、『笑点』の解答者のメンバーの人選にも影響力を持ってることも確かなことだ。

しかし、これを俺は悔しいと思うが、別に非難する気はない。これは芸人が生き残る為に当然だし、円楽の優れた先見性なのだ。

とにかく円楽は、人百倍マスコミ好きなのは確かで、彼を見ていると全てのことにこの対マスコミ戦略が最優先していると思われる。

この記者会見の当日の俺の役は、円生の半纏《はんてん》を着て表に立ち、取材陣が来たら受付に案内するという、ほとんどいなくても同じの案内役だった。受付には兄弟子円窓、円弥、生之助が座り、俺と旭生、梅生、生吉といった連中が案内係！

二時半も少し廻ったので表に立ってると、もう気の早い記者が来たので、俺は、

「いらっしゃいませ」と受付へ連れて行き、

「こちらでございます」と表へ戻ると、向こうからまた、記者が！

「いらっしゃいまし…………こちらでございます」と戻ると、またまた取材陣が。

「いらっしゃいまし…………こちらでございます」

また、急いで戻って、

「いらっしゃいまし」

もうこればっかり！　ドンドン忙しくなって来た。俺達案内に比べると受付はいい。難しそうな顔して、「ご記帳をどうぞ！」なんてやってればいいんだから。

夢中になって「いらっしゃいまし」とやってると、しばらくするとパッタリと潮が引くように記者連が来なくなったので、フト時計を見ると三時二十分！

もう、とっくに会見が始まってる時間だ。

「もういいんでないの」と俺と旭生、梅生の三人は、

「じゃァ、アトは頼んだヨ」と、生吉に案内を任せて受付の方へ戻ると、一段落して

手持ちぶさたの兄弟子達はタバコを吸っていた。

「アレッ、円窓兄さんは？」と聞くと、円弥は、

「全く自分勝手な奴でョ。記者会見が始まると同時に一人だけ見に行っちゃったョ。円窓はアーいう奴だヨ」とボヤいた。

「エー、そうでしょう」と俺は、もう決して否定しなかった。

三時半を廻ってもう完全に受付に現われる記者もいなくなったので、記者席の後ろに廻った。テレビ局も五、六社来てカメラを廻し、百七十人もの記者、カメラのフラッシュ、テレビカメラの照明でムッとする熱気だった。

正面の金屏風《きんびょうぶ》の前の雛壇《ひなだん》には新協会の幹部が並び、華やかなライトを浴び、記者会見の真ッ最中。それを一番後ろの隅の方でボーッと見ていると、今現実に行なわれているこの記者会見は、俺とは何の関係もない、遠い遠い別世界の出来事のようだった。

円楽が一番目立つ司会役を買って出て、その横に円生、円蔵、志ん朝、円鏡と並んでいた。一様に晴れがましい顔とは対照的に、志ん朝の苦渋に満ちた顔が印象に残った。

一体、どんな話をしてるのだろうと思って話を聞くと、円楽の声が流れて来た。

「どうも本日は本当にありがとうございました！」

「ヘコッ」もう、終わりだった。俺は、記者会見で何が話されているのか、サッパリわからん。

会見後、当日集まった幹部、弟子全員でうなぎを食べたが、志ん朝を除き全員大満足の表情だった。

そしてこの日の俺の印象、〝うなぎがうまかった〟。

俺は、記者会見の内容を全然知らなかったが、そこは百七十人の取材陣。早速、夜のニュース、スポーツ紙でバンバンとり上げてくれたので、俺はそれをアチコチ見ればよかった。

それを要約すると――

―途中で協会へ戻った立川談志さんについて

円生「アレは、火事場ドロボーでげす！」

―今と同じ質問を円楽さんへ

円楽「まァ、アレについてはいいでしょ」（適当にごまかす！　二人の同盟は以後も続く）

―円蔵さん、どうして飛び出したんですか？

円蔵「円生さんに世話になり、名前も貰ってるから当然だヨ！」

―それで現在の感想は？

円蔵「記者会見なんてものは大臣にならなきゃ出来ないモンだと思ってた。それに副会長にもなれたし、もう、どうなってもいい！」（世間からヒンシュクを買う）

―志ん朝さんは？

志ん朝「真打問題は円生師と同じ考えで、後悔しない為に渦の中に飛び込みました」

―お兄さんの馬生さんとは？

志ん朝「兄貴に相談すると気持がぐらつくと思ったので、事後承諾でした」

―その時馬生さんは？

志ん朝「エエッ、〝俺も若けりゃなァ、一緒にやるのになァ、一生懸命やれョ〟と言ってくれました」

―あなたはどうして
円鏡「もともとあたしは反逆児的なトコあるからね」

―一番の原因は？

円生「今度また、十人真打をつくるてェから反対したんです。名前を出しちゃ悪いが、正蔵さんトコロの照蔵《てるぞう》という男、これなんか、もう噺がバカセコだが、師匠の世話をするから真打にする。そんなことは、世間が納得する訳がない」

　とまァ、こんな具合だ。円生は興奮のあまり、照蔵という実名まで出してしまった。ところが後で聞いてみたら、師匠は照蔵の噺を実は一度も聞いたことがなかった。真相は円楽に「林家の照蔵なんて奴は、噺が下手でどうしようもありません」と聞かされていたのを、実はそのまま喋ってしまったのだ。

後日談になるが、この名指しで芸がセコイと非難された照蔵は、その年の暮の『11PM』で話題賞を貰ったが、その後彼の弟弟子の一人は、悔しがって俺に言った。

「ホント情けない兄弟子だョ。話題賞を貰ってヘラヘラ笑ってるんですョ。バカにしてくれたんです。だからくれたトロフィーを床に叩きつけて、〝ふざけるんじゃねェ！円生、俺は、上手くなって見返してやるぞ！〟とタンカの一つも言って欲しかった。ホント、悔しいなァ」

この弟弟子は自分のコトのように悔しがっていた。

この記者会見の報道には、落語協会、芸術協会側のコメントも載っていた。

――今回の新協会について
小さん「向こうでケンカを売ったようなもんで、こうなりゃ受けて立つ！」

馬生「分裂てェことはいいことじゃありません。全てシャレであって欲しいと思ってます」

米丸《よねまる》（芸協会長）「これまでも馬鹿にされて来たけど、今度は死活問題だ。もう成田の学生を連れて来てもやります」

と、こんな具合だった。その新聞の見出しだが、一般紙は比較的おだやかに、〝落語三遊協会設立〟という程度だったが、スポーツ紙になると〝志ん朝、馬生！　骨肉の争い〟とか、〝円生、小さんに激怒！〟と、もうほとんど「東京スポーツ」の世界で、とにかく人目を引く大ゲサな見出しが目についた。

　俺はいろんな新聞を買ってルーペで探したが、俺の名前がどこにも書いてない。〝円生、志ん朝、円蔵、円楽、円鏡等が〟とナドになってる。他のを見ると〝円生、志ん朝、円楽、円蔵、円鏡、円窓、円弥らが〟と、らになってた。このらの中に入ってる。情けないもんだ。あんなに辛かったのに、〝ら！〟は辛い。らは悲しいもんだ。いつでもどこでも、脚光を浴びるのはトップだけだ。実際に動くのは、いつもらの方なんだ。大昔からそうなのさ！　俺達らにとっちゃ。

席亭会議の波紋

三遊協会は記者会見をし、落語協会に対し宣戦布告をし、華々しく初陣を飾ったが、な、なんと翌日には、壊滅的打撃を受けて、敗北したのだ。三日天下どころか、丸二十四時間も持ち堪《こた》えることすら出来なかった。

記者会見の翌日、末広で席亭が集まって席亭会議が行なわれて、次のことが決定した。

一、分裂は困るので今まで通り落語協会と一本化しなければ受け入れない。

一、一本化する為に落語協会と落語三遊協会の仲介の労をとり、円生会長に復帰を勧める。

この決定は末広の席亭、北村銀太郎《きたむらぎんたろう》の鶴の一声で決定し、他の席亭はこれに従った。

この決定は、世間に如何に噺家に対して席亭が権力を持っているかをマザマザと認識させた決定だったのだ。

実にぶざまな敗北だった。口約束で根廻しが済んだと思い込む詰めの甘さ。席亭にしたって根廻しの段階より、発表の方がメンバー的に淋しくなれば白紙に戻すのは当然のことなのだ。何故、記者会見の前に全ての寄席と文書契約をしなかったのか。そんなことは、ビジネスの世界では、初歩の初歩だ。

全てが俺の言ってた通りになってしまった。これだけ一門の犠牲を出したのなら、なにがなんでも成功させて欲しかった。ではあの一門全員が誰しも感じた心の痛みは、じゃ何だったのだ。


俺は、ヒョッとしたら席亭が乗り出したのだから落語協会に戻れるのかと、少しは期待を持ったが、現実は全然違ったのだ。三遊一門は、更なる悲劇へとまっしぐらに突き進むことになる！　増え過ぎたネズミが、大行進して海に突き進んで全滅する、あのレミングの大行進のような愚かな決定がされるその日が近づきつつあった。その日、俺と師匠の絆《きずな》がブッツと切れたのだ。そう、あの日から俺は円生に対し心を閉ざし、永久に呪いの壁に塗り込めてしまったのだ。

席亭会議のあった次の日、俺は円生宅へ行くと自然、不安になった円生一門は全員集まっていた。円楽も来ていたが、この日の円楽の荒れ方は、極限状態に陥っていて、俺が弟子の部屋へ入って行くと、狂ったような円楽のバ声が聞こえて来た。

「小さんのバカを俺はもう許さねェ。奴が席亭に何かしやがったんだァ。俺は、小さんのバカをブッタ切る！　何が剣道七段だ。ふざけんじゃねェ！　いいか、俺だって高校時代は撃剣部に入ってたんだ。あんなヤローに負ける訳はねェ。俺の家には真剣が一本あるんだ！　俺は、そいつを持って小さんの家へ行って、たとえ刺し違えてもいいから、必ず叩っ切ってやる！」

俺はこの日の円楽に恐怖を感じた。ことによると本当に小さんを切るのではないかと思った程だ。円生も同様に興奮状態になり、カッとしたあまり、さん生に電話をかけ、

「円生だ。いつまでさん生って名前を使ってるんだ」

「こりゃ気がつきませんで、すぐに名前をお返しします」

「ウン」ガシャン。次は好生へ、

「円生だが、名前を返しておくれ」

「ハイ、そりゃ返せと言われればお返しを致しますが、でも師匠は当分使っていいと言ったじゃありませんか」

「当分てェなァ、二、三日のことだ！」ガシャン！

とうとうこの二人を正式に破門してしまった。そして、さん生は以後川柳川柳《かわやなぎせんりゅう》と

名乗り、好生は春風亭一柳《しゅんぷうていいちりゅう》と改名した。

二十年も続いた師弟関係が、たった一度の電話で赤の他人になってしまった。では その師弟だった二十年は一体何だったんだろう。一体、師弟関係って何なんだ！

今までは、たとえ協会が違っても好生とさん生の二人は、俺の兄弟子なのだと思っ ていたし、兄弟子が二人落語協会にいると思うとどこかホッとするところがあったが、 その二人も本当に遠い所へ行ってしまった。


実は席亭会議の結果が出た直後、円蔵は三平に連絡をとり、直ちに落語協会に復帰 し、その無節操さに両方から非難を浴びた。でも俺は皮肉抜きで、すぐ戻るところが 如何にも橘家らしくて可愛いとすら思った。

これも後で知ったことだが、席亭会議のあった夜、円生宅に円鏡、志ん朝の二人が やって来て、一緒に復帰を勧めたが頑として応ぜず、

「師匠！　落語と面子《メンツ》とどっちが大切なんですか」と志ん朝が聞くと、

「そりゃ、両方大事だが今は面子でげす」と答えた。

この辺のことも何も知らされなかった。何から何まで全てが秘密！　いっそ落語ヒ ミツ協会とでもすればよかったんだ。

三十日に円鏡、志ん朝は再度、円生宅を訪ね、円蔵が復帰することを詫《わ》び、円鏡は、

「ホントに情けないウチの師匠です！　もう円蔵という名前を取り上げて下さい！」

「まァまァ、円蔵にもいろいろあるだろうし」

と円生は円鏡をなだめる程だった。

円蔵一門は去り、志ん朝一門も帰って行き、そして誰も周りにはいなくなってしまった。たた、そこにポツンと三遊一門だけが取り残されてしまった。

三遊一門は三十一日の正午に円生宅へ集まれ、と集合がかかった。

俺達は戦いに完全に負けたのだ。たとえどんなに辛くとも他の一門同様降伏するべきだ。幕引きが必要だったのだ。だが幕は引かれなかった。そしてこの三十一日こそ、俺と師匠の心の絆がブツッと切れた日だ。

〝幹部〟の魅力

三十一日、円生宅へ行く前に俺と円弥、生之助、旭生、梅生の五人で近くの喫茶店で会った。

その時円弥は、頭をボリボリかきながら、

「いやァ、ごめん。今まで隠していたんだけど、一番最初にみんなで集まって俺少し遅れて来たよな。実は出がけに円楽さんから電話がかかって来て、〝今日みんな師匠ンとこへ集まるが、実は本当は！〟と打ち明けられてネ。

〝ついちゃあ、新協会が出来た暁には、お前を幹部にするから黙ってろ〟と言われたんだヨ」と白状した。

「エッ、じゃ何ですか？　〝幹部〟の一言で買収されたんですか？」と俺が聞くと、

「イヤ、そうでもないんだけど、黙ってろって言われると言えなくてさァ、悪いと思

ったけどね。ごめん」とまた、ボリボリ頭をかいた。

俺は別に今更腹も立たなかった。むしろ、その誠実な態度はさわやかだった。

この話を黙って聞いていた生之助も、実は円生から弟子が集まる前日に真相を知らされていた。彼は、それをズーッと後で白状することになる。すると俺が電話をした時、

「オレ、バカんなっちゃった！」と言ったのはなんと演技だったのだ。もう迫真の演技力、ブルーリボン賞に輝きそう。

しかしもう一度よく考えてみたら、あの驚きはマジだったのではないのか？ 知らないはずの者から知ってる自分に、「実はあの真相はこうだ！」と知らされて思わず気が動転し、何を喋っていいのかわからず「オレ、バカんなっちゃった！」という言葉になって表われたのではなかろうか。彼にとって仲間に話せないことを知らされたということは、単に心の重荷を背負わされ、かえって苦しかっただけなのかも知れない。

その生之助が円鏡を誉めた。

「でも円鏡さんは立派だよネ。記者会見の前の時さァ、言ってたもん。

〝もし、新協会が失敗して寄席に出らんなくなったら、スーパーでも建てて弟子を全員使おうか！〟

そこまで弟子のこと心配してんだもん。実際は戻ったけど、その気持がうれしいョ。それじゃついて行こうって気になるけど、円楽さんは俺達にそんなこと言わないもん」

「そうですね。イヤァ、円鏡さんは偉い！」

と俺も誉めたが、考えれば噺家をスーパーの店員にする。別に弟子は、スーパーの店員になりたくて入門した訳ではないし、師匠は、職安でもないのだから変な話だが、それでもそんな下の者に対するやさしさが羨《うらや》ましかったのだろう。

「ところで、これから俺達はどうなるのかねェ」と円弥が言うと、その途端、全員シュンとしてしまった。重苦しい雰囲気の中で俺が、

「エー、どっちにしろ、師匠はあの通り言い出したら聞かない人ですから戻らないでしょうねェ。それに記者会見であんなに大ミエを切っちゃ、戻るに戻れないでしょう」

「じゃ、円楽は？」

「その辺ぬかりのない人ですねェ。大体、この騒ぎの元でありながら、記者会見では司会役に廻り、都合の悪い協会非難は、全部師匠に言わせ、マスコミには、ひたすら師匠について行きますというポーズをとる。利口ですョ。実際その辺のことは仲間は充分知ってると思いますが、少なくともあまり非難を表面上してないのでそれ程のダ

メージを受けてないから、協会復帰は出来るんじゃないですか」

と言うと、みんなは俺の意見に頷いた。今度は円弥が言った。

「そうだよネ。それに末広の大旦那が戻れって言ってるんだからさァ。師匠としたって無視は出来ないよねェ」

「エー、戻る場合、全員戻るのか、師匠だけ残してか、師匠と円楽さんを残してか、ということになりますね」と俺が言うと、旭生が、

「一番良いのは円楽さんだけ残って全員戻るのがいいでしょう」と言うので、俺が、

「そりゃ、いい！　いっそのコト、円楽さんを島流しにしては」

「そんなバカな」

一同大笑いをした。すると円弥が、

「結局、それもみんな師匠の腹一つで決まるんだよネ」

このポツンと言った一言でまた、シュンとなった。暗い現実に引き戻されてしまった。

「でも方向としては、やはり復帰する方向へ持っていくように一応努力はしましょうヨ」

と俺が言ったが、みんなは力なく頷くだけだった。円弥は時計を見ながら、

「じゃ、出ようか！」

その声で弱々しく立ち上がり、足取りも重く円生宅へ向かった。

俺達が円生宅へ入って行くと、玄関のトコロでウロウロしてた円楽の弟子の楽松《らくまつ》、楽太郎《らくたろう》らにいきなり、「おはようございます」と挨拶された。しかも楽松も楽太郎も緊張気味で、何か俺達に対して身構えたところがある。円楽とその弟子達には、何かの決定が既にされている感じだ。

そして応接間を覗《のぞ》き込むと円楽、円窓がやっぱりいた。またしてもあの円楽に先を越されてしまった。当然、これは前に円生、円楽の間で相談があり、何かの決定があったんだ。

一通り俺も挨拶を済ませたが、何となく雰囲気がおかしい。

恩知らず！

やがて応接間に全員が集められた。円生と円楽が例の通り向こう側へ並び、こちら側のソファに俺達五人が並ばされ、応接間と続き部屋の書斎の畳の上に円楽の弟子が並び、円窓は、円生、円楽と並んで座った横に立ち、俺達を見下ろす形！　何故か、全体の目が自然と俺達に向かうような扇形の陣形が敷かれた。

ヤ、ヤバイ！　これは絶対何かのワナだ。ことによったら床に落とし穴でも掘ってあるんじゃないのかと探した程だ。もしかして円楽は、この布陣を考えるのに三日かかったんじゃないのか！

やがて円生は、静かに話し始めたが、やはり元気がなく落ち込んでいるようだった。

「あたしも良かれと思ってやったことだが、まァ……結果はダメだった。橘家も志ん朝サンのところもみんな戻った。そこでみんなにこれからどうするか、あたしがいると話しにくいこともあるだろうから、向こうへ行ってるから、相談しておくれ！」

と言い残して夫人の部屋へ去って行った。それから今度は円楽が、

「私と師匠は、戻る訳にいかない。だがお前達は別だ。そこまでは引き止められない。どうするか、今決めてもらいたい。ここに並んでる俺の弟子は、もちろん一緒に出る。この円窓も出る。俺も出る！　円丈、お前はどうするんだ！」

いきなり俺のとこへ来た。これだからイヤになる。いつも決まってこうなんだ。自分達だけ先に集まって相談し、結論を出しておき、それで俺達を呼びつけ、イヤだと言いにくいようにさせといて、いきなり、お前はどうすると来る。しかも円楽は、円生という絶対の切り札を自分の手に抱えている。そこで戻りたいと一言でも言えば裏切り者の烙印《らくいん》を押される。

俺は心に物凄い重圧を感じていた。これはウカツなことは言えないぞ。余程言葉を選んで話をしないとヤバイ！　とりあえず結論を言わないように、

「エエッ、これは非常に重大な問題ですから、チョッと考えさせて下さい！」と言うと、

「そんなことはダメだ。早くしろ！　男って奴は、ウジウジしないもんなんだ。イザという時にサッと決められない奴は男じゃないんだ！」

円楽はなじった。俺は心の中で、

「そりゃ、てめえは三日前から結論を考えているからいい！　何言ってんだ」と思ったが、これも言えない。

しかし、驚きだ。新協会失敗について誰からも一言のワビもない。それどころか、戦争に負けて責任をとるどころか、今また、俺達に玉砕を強要しようとしているのだ。二百年も柳家の対抗勢力として栄えて来た三遊亭が今、寄席から撤退してドサ廻り芸人集団になり果てようとしている。下らぬ男の意地とか、面子の為にだ。そこで俺は、

「イヤ、でもですねェ。三遊亭が寄席からいなくなるというのは、三遊亭全体にとって損失じゃないんですかねェ」と言うと突然、円窓は血相変えて怒鳴った。

「そんなことはお前が考えることとか！　自分のことだけ考えろッ！」

そう言った時の円窓は、まるで鬼軍曹のようだった。俺の全身には、円窓に対する不快感が伝わった。だが俺もひるまず、

「イヤ、しかしですョ！　全体のことを考えるというのは非常に大切……」

「いいんだ、そんなことは。余計なことを言うな！　自分のことだけ考えろ！」と俺を再び怒鳴りつけた。その瞬間、俺は円窓の全てがわかった。円窓は、この程度の人間でしかないんだ。ある立場に立つと他は全く何も見えなくなってしまうタイプの人間だ。

　すると円楽は、

「梅生！　お前は元々俺の弟子なんだ。だから本来は聞く必要はないんだが、念の為に聞いておく。お前はどうするんだ」と切り込んだ。

「ハイ、あのう私は、師匠が出ると言えば、一緒に出ます！」と小さな声で答えると、またまた円窓が、一段と声を張り上げて、

「師匠は出るに決まってんだッ！　何を考えてんだッ！　下らないこと言うなッ！」

と、怒鳴り散らした。

「円丈、どうしたんだ。決まったのか」と円楽が尋ねた。

「イエ、これは一生の問題ですから、もう少し考えさせて下さい！」

「ダメだ。そうは行かない。一時までに新聞記者の安田セコ兵衛に電話してメンバーを知らせなきゃならないんだ。夕刊に載らなくなっちゃう。早くしろッ！」

　この円楽の言葉は、グサッと突き刺さった。安田セコ兵衛は、円楽が二十年来つき合って来た癒着の友だ。しかし、何故こんな大事な問題の結論を夕刊に間に合わせる為にスグ出さなきゃいけないんだ。この円楽って男は、分裂騒ぎが始まって以来、一度だって俺達に人間らしい扱いをしたことがあるか。今やってることもブタやネコの数をかぞえるようなことだ。畜生、何が兄弟子だッ！

　俺は無言で円楽を睨みつけた。円楽は、俺から目線を外し、隣にいた円弥に、

「円弥、お前はどうするんだ」

「エエ、ボクも師匠が来いと言うなら行きますが、残ってもいいというお許しがあれば寄席に出たいと思います！」

円弥はキッパリと言った。偉いぞ！

「イヤ、師匠もそれは言わないはずだ」

「あと、名前をさん生さんと好生さんの時のように返せッてなると困るんです！」

「イヤ、それはない。大丈夫だ。まァ、柳家に行かれると面目まる潰れで困るが、志ん朝あたりに一時、預かり弟子という形になる分には構わない！」と円楽は言い切った。するとまた、円弥が聞いた。

「じゃ、名前はそのままで、志ん朝師匠の所へならいいんですか！」

「もし、何なら志ん朝に紹介してやってもいい！」

意外や円楽は物わかりのいいことを言った。

「それなら、すいませんけど戻りたいと思います！」

「ウン、わかった。円丈は！」

「ハイ、ボクもそうさせていただきます」と俺は答えた。続いて旭生も、

「じゃ、私も！」と答えた。五人の内三人戻ると言った。生之助と梅生は黙っていた。

生之助は円生の付き人兼マネジャーのような深い関係からも、たとえ出たくても口が

腐っても言えないし、また、元円楽の弟子でキャリアの一番浅い梅生も同じく言えなかったろう。多分、梅生は、言える立場だったにしても円生と行動を共にしただろう。考えてみると、梅生が一番円生に忠実だったのかも知れない。

円楽は三人の申し出を聞いた後で、

「わかった。それを報告に行くように！」

「ハイ」と俺は三人の中で真ッ先に立ち上がった。やっとこれでサッパリする。もう、これでこの忌まわしい協会ともおさらば出来る。円楽の顔も円窓の顔も見ずに済む。この陰険なワナにはめられずに済む。

しかし、これ自体が何とワナだった。俺は百パーセント戻る決心を固めて円生と夫人の前に正座した。すると心配そうな顔をした円生は、

「円丈、どうすることにしたんだ」と言ったので、

「ハイ、誠に申し訳ありません、出来れば戻りたいと思いまして」と答えた。何のためらいもなく口からスラスラと出た。こうなったらどんなことがあっても絶対戻ると決意していた。俺の言葉を聞いた円生は、明らかに落胆の表情を見せ、大きなタメ息を一つつき、夫人に言った。

「あーァ、全くイヤになるねェ。本当に今の人ァ薄情だね。よくそんなことが言えるもんだねェ。……つくづくイヤんなった」と嘆いた。すると夫人も一緒になって、

「そうだよ、全く！　さんざん世話になっておきながら、よくもそんなことが言えたねェ！」

俺は黙って聞いていたが、聞いてる内にたとえ破門になろうと出ようと決めた。噺家になろうと思ったのも自分の意志だし、円生に入門したのも俺の意志だ。そして出るのも俺の意志なのだ。

「あたしゃ、お前がそんな奴とは知らなかった。いいか！　あたしがお前にどのぐらい目をかけてやったか、その恩も忘れて、この恩知らず！」

「そうだヨ。お父ちゃんのことを忘れたらバチが当たる！　本当に義理知らずの奴だねェ」と夫人が言った。

するとまた円生が、

「チャンとご飯を食べさせて、一人前になれたのは誰のお陰なんだ。よく考えてみろ、このバチ当たり！　それでもお前は行くのか」

と鋭く問い詰める。俺は、うつむき、畳を見つめたまま、

「ハイ、やっぱり戻りたいと思います」

「何て奴なんだ。いいか、お前が真打になれたのは一体誰のお陰だと思っているんだッ！　そんな簡単なことがわからないのか。よく胸に手を当てて考えてみろッ！　この恩知らずッ！」

すると夫人が、

「そうだョ。今度の披露目だって五十日全部付き合ってもらって、一体、どこの口でそんなことが言えるんだい。大学まで行って何を教わって来たんだい、この子は！　受けた恩もわからないような奴は人間じゃないョ」

「その通りだ。今の若い奴は何を考えてるんだ。お前が二ツ目のなりたての頃、お前が家を飛び出した時だって、次の日、あたしは電話をしてやったから今、こうして噺家をやってられるんだ！　全く義理てえものを知らない奴だッ、何を考えているんだッ！」

その時の円生の顔は阿修羅《あしゅら》のように見えた。この恩知らず、義理知らずの罵声《ばせい》をただ黙って聞いているのは辛いことだった。それは心の拷問《ごうもん》だ。

円生にすれば円丈だけはきっと黙ってついて来ると思ったのが、出ると言われたので裏切られた気持でカッとなり、恩知らずと言ったのも当然のことかも知れない。

だが言われる方は腹にこたえる。俺は、心のどこかで円生を親父のように思っていた。その親父から今、罵声を浴びせられている。

「いいか！　こないだの金沢だって、あたしが言ってやったから仕事になったんだ。十万貰ったんだろ。あたしの口利きなんだ。そういうことも忘れるなんて、義理知らずにも程がある！」

違う。この人は、俺の親父なんかじゃない。実の親父なら恩知らず、義理知らずなんて言うもんか。違うんだ。

円生が俺に目をかけて可愛がったのは、俺という人間を可愛がったんじゃない。少しばかり才能のある一人の男のその才能の部分だけを可愛がっただけなんだ。俺達弟子のことを人間として見ていなかった。道具としてしか見てやしなかったんだ。

俺のすぐ後ろに旭生が控え、その後ろには円弥がいた。

「一体、何の為にこの男を仕込んだかと思うと、あたしは情けない！　よく考えろッ！」

すると旭生が、

「あのう、師匠！　私は」と言いかけると、円生は言葉をさえぎって、

「何だ、旭か、お前はいいんだ。出るんだろ。わかってるんだ。お前はそういう奴なんだ。円丈、お前はどうするんだッ！　あたしを裏切って出て行くのか！　そんな恥知らずなことをするのか！」

旭生は、全く相手にされなかった。俺のように罵声を浴びせられるのも辛いだろうが、師匠から全く相手にされない旭生は、もっと辛かったことだろう。

「円丈、ハッキリおしッ！　どうするんだい。そんなに世話んなって、お前には血も涙もないのかいッ！」と夫人が言う。

俺はうつむき、必死にこらえていた。

「円丈！　何か言ったらどうなんだ。せっかく一人前にさせてやったら、ハイ、さようならと出て行くつもりか！　そんなお前は、恩知らずのことが出来るのかッ！」

「そうだヨ、この義理知らず。行けるもんなら行ってみろッ！」

この二人の罵声は果てしなく続いた。俺は生唾を飲み込み、膝に置いた両手で拳をギュッと握りながらかろうじてこらえていた。俺は喉の渇きを覚えた。その最中も二人が、

「円丈、どうなんだ。あたしは、お前みたいな恩知らずを初めて見た。今までウチの弟子でそんな奴は一人だっていないんだ。それでも行くのかッ！」

「そうだヨ。お前にだって随分、着物をやったろ。そんなことは世間で通らないョ！何の為に面倒見たんだい！　それでも行こうなんてとんでもない話だョ！」

俺はこの心の拷問に耐え切れなくなって来た。俺の心は、もうズタズタになっていた。俺は、訳もなく悲しかった。涙が出そうになるのを必死にこらえていた。きっと師弟のこんな姿が、限りなく悲しかったのだろう。

するとと後ろにいた旭生が、

「あのーぅ、師匠！」

「なんだ、出るんだろ。いいんだョ」

「イェ、私はですネ。あのう師匠と一緒に参ります」

「エッ、何だ、来るのか！　お前が？」

この時、俺に対する非難が一瞬、旭生に向いた。そのスキに俺は、ヨロヨロッと立ち上がり、すぐ隣の台所へ水を飲みに行った。やっとの思いで蛇口まで辿りついたが、その間にも俺の方に向けて、

「円丈、何だ。どうするんだッ！　黙って行くのか。そんなにあたしがイヤなのか！」

「お父ちゃんの言う通りだヨッ！　恥知らずになるのかッ！」と罵声が続いていた。

蛇口をひねると、水が勢いよく飛び出して来た。俺はコップを持って行き、その水を一気に飲み干した。

「円丈、お前って奴は、そんなに薄情もんか！　本当に出て行くのか！　おい！」

その間にも隣の部屋から罵声が続く。もうこれ以上聞いたら俺の心は死んでしまう。今俺が一番やらなければいけないことは、あの二人の口を止めることだ。

キュッと蛇口をひねると水は止まった。大きくフッーとため息をつき、そう、仕方がない、言おう！　俺は決心した。

「おい、いつまで台所にいるんだ円丈！　おい」

罵声を浴びながら戻り、正座をしてから畳に両手をついて、

「いろいろ、わがままなことを言って申し訳ありませんでした……。私も一緒に出た

いと思います」

　このセリフを言い終わった時、俺の目には、うっすらと涙が滲《にじ》んでいた。二人は大きく頷いた。

「うんうん、……それでいいんだヨ。これからも決してそんなことを言うもんじゃない。あたしも言いたくもないコトの一つも言いたくなるじゃないか!!　そうしないとお前が薄情に見えて来るんだから」

「わかりゃいいんだヨ。……これからも気をつけるんだヨ！」

「残るんならそれでいい。もう、いいヨ」

「ハイ」と蚊の鳴くような声で答え、夫人の部屋を出た。俺は、もう泣き出しそうだった。目の前が涙でぼやけて来た。その涙がこぼれないように必死に上を向いた。

　こんなことで泣くもんか、おフクロが死んだ時だって泣かなかったんだ。悔しい、本当に悔しい。俺は、無理矢理屈伏させられたんだ。こんな惨めな思いをするんなら、たとえ名前を取り上げられても川柳と一緒に出ればよかった。

「あッ、ぬうちゃん、俺もやっぱり師匠と一緒に出るヨ。ぬうちゃんが怒られてるのを見て驚いちゃった。円楽の話と全然違うんだもん、汚いヨ」

　と円弥が話しかけて来たが、俺はとても人と話の出来るような状態ではなかった。首を縦に振り、そのままトイレに入った。とにかく一人になりたかった。自分の握った拳が震え、目の前にある白い壁を思い切りぶち破ってやりたかった。よく安手のスポ根漫画にあるように、夕陽に向かってバカヤロー！　と叫びたい心境だった。

この日以後も俺と円生の二人の関係は、表面的には以前と全く変わらず続いた。俺は別に円生を恨みはしなかったし、憎みもしなかった。また、円生も、あの罵声を少し長めの小言ぐらいにしか思っていなかったようだ。俺と円生の関係は全く表面上は何の変化もなかった。

だが俺の心は、円生を許しはしなかった。今もまだ許してはいない。ただ、あの心の拷問で、俺の円生を思う心が死んでしまったのだ。

昔のように仲間や知人に我が師、円生が如何に偉大な芸人であるのか、熱っぽく語る情熱はない。あののしりを聞いたからといっても芸人円生は、芸の虫円生の価値がいささかも落ちることはない。今尚、立派だが、俺はそれを語る心を持たない。

俺は、円生を憎んではいない。円生を恨みもしない。ただ円生を許しもしない。

一門孤立

その日の夕方近く円生は、墨をすり、筆で一門の名前を書き連ね脱会届けをしたためた。だが俺はこの署名だけは、ゼヒ自分で書きたかった。あれ程高い代償を払ったんだ、たとえ字が曲がろうと汚れようとも自らの手で署名をし、その下に家中にある印鑑や拇印《ぼいん》をベタベタ押したかった。

その脱会届けは、その夜のＴＢＳで主催している国立劇場で毎月行なわれる落語研究会で渡された。それは柳家小さんが高座を降り、円生が高座に上る、そのスレ違いざま、円生は、小さんの着物の袖に黙って落とし込んだ。

翌朝の新聞にこの脱会届けの記事が載っていた。

〝円生一門脱会！　円生一門は三十一日、全員一致で脱会を決意、団結を誓い合った〟

俺は、これを読んでいたらムカついて来た。どこが一致したのだ！　誰が団結を誓ったのだ！　一致も誓いもするもんか。俺は戻るとハッキリ言ったんだ。記者は円生宅の応接間で、夫人の部屋で実際取材をしたとでもいうのか。新聞記者の中で、「あなたは本当に脱会を決意しましたか？」と俺んトコへ電話した奴が一人でもいるのか。無性に腹が立った。所詮、新聞報道なんてこの程度のもんなんだ。

更に、その脱会記事を読んでみると〝脱会メンバーは、円生、円楽、円弥ら〟、まただ。らは本当につまらない。ただ苦しいだけ。

この日の六月一日は、料亭神田川で新宿末広の席亭北村銀太郎の呼びかけによる調停会議が行なわれた。

実は三遊一門が三十一日に集まり、脱会届けを作成した裏には、翌日の調停会議の前日までにゼヒ全員連名の脱会届けが必要だったのだ。

だがこの辺の含みも、我々には知らされなかった。初めから終わりまで全てが秘密だった。

つまり六月一日の調停会議の前日に全員の脱会届けを渡して先手を打った。これは多分円楽の考えだろう。如何にも円楽好みのチャッチイ筋書きだ。

この六月一日は、北村銀太郎が円生に電話をかけ、日程を合わせた結果この日になったのだが、円生、円楽は連絡もせずに欠席した。この事実も後になって新聞で知ることになったが、円生が欠席したということを俺は絶対に納得出来ない。欠席した理由は、昭和の名人と言われ、怖い物なしの円生にとって唯一、頭の上がらなかった人がこの北村銀太郎で、出席すれば調停させられてしまう心配があったということだろう。それをしたくないばっかりに前日脱会届けを手渡したのだ。

俺は、何としても円生に出席して欲しかった。いやがる弟子をムリヤリ引っ張って行く程の決意をしたんだ。三遊一門はあれ程大きな犠牲を払ったのだ。言いたいこともあるだろう、それを堂々と調停会議で言えばいい。相手が北村銀太郎だと急に引っ込んでしまう。そんなの俺は許さない。

調停工作に引きずり込まれると思ったら、「声明文、わしらは出る！」それだけ読み上げて急いで帰って来たっていいじゃないか。

それでも話せないと思ったらどこかのプロレスラーみたいに調停会議で口から火を吹いて帰って来るとか、ついでにその火でウナギを焼いてお土産に持って来るとか。

それでも自分で行くのがイヤだったら、一番下の生吉を使いにやって玄関の所でバカーッて叫ばせて帰って来るとか、とにかくどんな形にせよ、出席して欲しかった。

俺だって円生に泣き泣き出ると言ったんだ。今度は円生が、北村銀太郎に出るって言う番だ。誰のためでもない俺の為に、たった一言でいいから出ると言って欲しかった。

この日は鈴本、浅草演芸ホール、末広、池袋演芸場の席亭、落語協会側からは小さん、馬生、三平、金馬、柳朝、復帰組は円蔵、志ん朝、そして円鏡は北海道へ仕事に行き欠席した。もちろん円生、円楽も欠席！

この調停会議には、テレビ局も入り、ワイドショーでも放送され、俺はそれを見た。

画面には、志ん朝が幹部の前に両手をつき「御迷惑をかけてすいません」と謝っていた。彼の復帰の最大の理由は、寄席に出られなくなることによって弟子の修業の場がなくなるということだった。弟子に対する愛情が頭を下げさせてる。俺は自分の置かれた現在の境遇を考えると、志ん朝の弟子が本当に羨ましく、また俺の目には、頭を下げる志ん朝の姿がなんと感動的に映ったことだろう。

それにひきかえ円蔵の頭を下げる姿は、無惨だった。七十四才のやせた老人が畳に平伏するのだ。それを幹部連が、

「何だい、このジイさんは、いい年をして」といった感じで見る冷ややかな目。俺は、橘家があわれでならなかった。

そしてインタビューに答えて、小さんは、

「復帰組を喜んで迎えるが、会の統率を乱した罰を考えてる」と言うと、その隣の北村銀太郎は、

「小さんさん、そりゃ会長のアンタにも責任があるヨ。あたしゃそれを言わないからサァ、戻った者をそのままにしてやっておくれ」

「ヘイ、わかりました」

これも鶴の一声で決まった。

「それからこの脱会届けは、あたしが預かっておくョ！」

「ヘイ」

鶴の二声だった。こうして復帰組は無事戻り、脱会届けは新宿末広亭預かりというコトになった。

その次の日、三遊一門は、円生宅へ集まって、その後フジテレビの『3時のあなた』に全員出演することになっていた。内容はもちろん、新協会のことである。しかし、半年ぶりに来たテレビの仕事にしちゃァ、セコかった。

俺が師匠の応接間へ入って行くと、昨日の円蔵のことが話題になっていた。円生は、

「全くあーなるとみじめなもんだね。あの円蔵はバカなんだョ。あいつは、仕事が少ないだろ。寄席へ出られなくなるとおアシが入らなくなると思ってあわてて戻ったんだョ。

もし円蔵が来てたら副会長だョ。あたしが橘家を路頭に迷わせるようなことをすると思うかい。そりゃ、それ相応の地方の仕事をチャンと廻すョ。そうすりゃ、寄席な

んぞ出るより、ずうっと楽にお金が入るし、体も楽なんだヨ。それがあいつは気が小さいんだ。ウン、ウン」

この日の円生は、席亭会議のショックからスッカリ立ち直り上機嫌だった。一門が全員揃う頃になると、

「いいかい、もう、これから小さな寄席なんぞにこだわってる時代じゃない！　地方へ行けば仕事はいくらでもある！　寄席はいらない！」

急に変わっちゃった。俺は円楽がのり移ったのかと思ったぐらいだった。つい一週間前までは地方の仕事は控えて寄席に専念しろと言ってたんだから、それが百八十度方向転換！　しかしそれも仕方あるまい。寄席から締め出されたというか、自ら寄席から締め出ちゃったんだから、地方に進出するしかない訳だ。

すると今度は円楽が、

「師匠、そうですョ。ボクは、前に数えてみたことがあるんですが、日本に市と名のつくトコが千はあるんですョ。仮に毎日、この市を一ヵ所ずつ廻っても三年は喰えるんです。日本は広いですから大丈夫ですョ」

「そうなんだ。それにこの頃は、どういう訳のモンだか、東京の寄席の客より、地方の方が、いいお客様のことが多いんだ」

「そうですョ。寄席はいけません！」

「ウン、ウン」

この日はまた、普段より一段と円生、円楽の息が合った。

「それに何も師匠、これから仕事は日本ばかりじゃなく海外にだってあります」

「そりゃそうだ。ウン……、そういえば戦争中に志ん生と二人で満州へ行った時に話し合ったことがあるヨ。

〝これからもう日本の寄席なんて小さいネ。北京に寄席をつくってさァ、上海にもつくる時代が来るヨ〟

〝そうするとカケ持ちも上野から浅草をやってなんてチッポケなもんじゃなくなるネ。まず台湾の寄席を振り出しに上海、北京、大連のカケ持ちなんて忙しくなるだろう〟

なんて話してたことがあるが、これからはこれだね」

「その内にラスベガス寄席でもつくりますか！　ガッハッハッハッ」

と、また例の星企画笑いが始まった。

「それからお弟子さんに言っとくけど、寄席がなくなったといっても心配なんぞすることはないヨ。チャンとあたしが仕事も持って来て廻すんだから、二回も行きゃ寄席の一月分ぐらいのお金になるんだ。心配ないヨ」

「ヘイ」と弟子はわかったようなわからないような返事をした。

その後、円生がトイレに立ち、弟子だけになった時、円楽が急にマジな顔をして、

「あのネ。俺は今回のコトは、大変ありがたいと思って感謝してるんだ。みんなもねェ、感謝するって気持を持たなきゃダメだヨ。以前仲間で俺のコト、バカにした奴がいた。俺は思ったネ。

〝今に見てろ、必ずてめえを追い抜いてやる〟そう思って一生懸命やってたら本当に抜いちゃった。そこで俺はそいつに感謝したねェ。あん時俺のことをバカにしてくれたから俺はこうなれたとネ。

俺なんか試練が大好きなんだ。今回もこりゃ天が与えて下すった試練だと思えばありがてぇんだ。天に感謝しなくちゃいけない」

俺は思わず〝てめェが天か！〟と言い返してやりたくなった。自分の犯した失敗を天のせいにし、まだ威張ってる。一体、どういう神経してるんだろう。俺は自分の子をこんな大人にしたくない。自分の過ちをゴメンと言える素直な大人に、ワナをかけない立派な大人に育てたいと思った。

更に、円楽は俺達に言った。

「アノー、いい？　これからテレビに出るんだけど、あまり寄席や落語協会を刺激するよーなコトは言わないように」

自分が一人で刺激していたクセに、またまた百八十度の方向転換！　全く一体どうなっているのかわからなかった。

それから『3時のあなた』へ全員で出演した。椅子を二列に並べ座らされたが、俺は一応真打だから一列目、でもハジの方。仕方がないので顔をズラしてカメラの方を向いてたが、モニターを見たら、両ハジの方は画面から切れて入ってなかった。全く情けない。ら は辛いねェ。

インタビューの内容は、昨日の調停会議のコトについてだったが、あまり落語協会や席亭を刺激するような発言はなく、珍しく玉虫色の発言だった。ただその時、円窓の、

「ええ、小さん師匠は、自分のハエでも追ってりゃいいんです」

という発言が目立ったぐらいで、あとは全面玉虫色だった。

これが終わってから、いつもの五人は喫茶店に入り、ぼやき合った。

「しかし何だよねェ。師匠は、寄席なんかどうでもいいと言うけど、師匠自身五才から七十年ズーッと寄席に出てたんだぜ」と円弥が言ったので、俺もそれに追加した。

「そうですョ。寄席は必要ですョ。だって以前出した師匠の本だって『寄席育ち』っていうんですからね」

「とにかく、もうこうなったんだから、俺達五人はまとまって行こうョ。別に円楽さんについて行く訳じゃない。あくまでも師匠について行くんだ。だから師匠の生きてる間はついて行こう！」

円弥は、キッパリと言った。生之助も、

「みんなで円弥さんを盛り立てて行こうョ！　それが一番いいョ」

「ウン、ウン」と全員、これには異存がなかった。

激しく揺れ動いたわずか二十日の間に、一門の中に明確な色分けが出来てきた。円楽―円窓ラインと、円弥を中心とした五人だ。騒ぎの始まる前までは、俺も旭生も梅生も三人とも特に円弥に近しい訳でもなかった。それがアンチ円楽のもとに自然と集まり、円弥を中心にしてやって行こうということになった。

円弥は、元来人間的なやさしさと人のいい面を持っていたが、同時に女性的なところがあって、少し細かいところにこだわり過ぎる面も持っていた。だがこの二十日あまりの間に大分逞《たくま》しくなり、リーダーとしての自覚も芽生えて来た。よかった、よかった！

何より円弥サイドにつこうと思った最大の理由は、兄弟子の中で一番裏表のない誠実な人間だったからだ。円弥は、円楽から、幹部にすると電話があった時に積極的に首を突っ込み、円窓同様の立場に立てたのに、しなかった。彼が最も一門の中で信頼出来る人物だった。

新たな亀裂

それから二、三日後に一門は全員集まった。そこでは、三遊協会の事務所はどこに置くのか！　そして事務員は誰にするのかが話し合われた。事務員には以前星企画にもいたことがある中村という男に声をかけたが断って来たのだ。例の調子で円楽は、「全く中村って奴は、臆病モンだ。ケツの穴の小さい男で、先が読めない！　いいか、三遊協会はバラ色なんだヨ」

彼はバラ色の好きな男だ。本当はバラバラ色なのに！

結局、ほとんど何も決まらなかった。この頃、円生にとって円楽の協力が一番必要な時だった。一応協会と名がつけば会則も必要だし、事務所、事務員、そして仕事の売り込み方。そういうことは、芸の虫円生にとって最も苦手で、今こそ円楽の力が必要だった。

だがやはりと言うべきか、当然と言うべきか、まさかと言うべきか、この日あたりから円楽は急速に円生から遠ざかって行ったのだ。円生は、協会の事務所がチャンと決まるまでの間、しばらく星企画がそれを代行して欲しいという希望を円楽に言ったことがあった。他の弟子達もそれが当然のことだと思っていた。しかしプロダクションは、営業上一つに偏るのはまずい、どんな芸人でも頼まれれば紹介しなくてはいけない。そして何より、利潤第一でなければならない。そこで円楽は、中村を推薦し、トカゲのしっぽ切りのようなことをしたのだ。三遊協会と星企画の混同視を恐れて星企画を三遊協会から遠ざけ、ついで円楽自身も遠ざかって行ったのだった。円生は、事務所、事務員の件でたびたび円楽に電話をしたが、仕事を理由にほとんど梨のツブテ。

「円楽てぇ男は、どういう奴なんだ」と、円生はこぼしていた。

これが円生、円楽の亀裂の始まりだった。何故、円楽は、急に円生から離れて行ったのか、それは事務所の問題だけではなかった。

分裂後一ヵ月程たったある日、円楽は、兄弟弟子が二、三人いる前で、

「イヤァ。相撲協会の春日野《かすがの》理事長が、よく名理事長だって言われるけど何故、名理事長って言われるか、知ってるかい？

実は春日野親方は、会議の時何もしないんだ。ただ眠ってるだけ！　この眠ってる

内に下の者はドンドン仕事をして行く、自分の思ったようにコトが決められる。で春日野親方が目を覚ました時は、みんな決まっちゃってて、理事長はそれに目を通すだけだ。それで相撲協会が大きくなれた。

つまり、下の者に仕事を自由にドンドンやらした。だから名理事長なんだ。ところがウチの師匠ってのは、何でも自分でやっちゃうんだ。これじゃダメだヨ！　うまく行きっこないんだ」と不満げに言った。

円楽は、円生が何でも自分でやると嘆いたが、俺達他の弟子から円生、円楽を見れば、ことあるごとに、円生は円楽に相談をしていた。つまり相談されるだけでは円楽にとって物足りないのだ。もっと大きなパートを任せてもらいたかったのだ。そして出来ることならおそなえの円生には寝ててもらって、実権を握りたかったのだ。この辺が本音だろう。結局それが出来ないので、彼は離れて行ったのだ。

そこで困った円生は、三遊協会の事務員として円生の実子であり、次男の山崎佳男を使うことにし、円生宅を協会事務所とした。

分裂一ヵ月前後でもう一つ挙げておかねばならないのが円窓の百八十度、方向転換だろう。

円窓はある仕事先で俺にこう言った。

「ぬうちゃんねェ。しょうがないヨ。ただ、俺は命令されてやっただけなんだ。俺達は一兵卒なんだョ！」

俺は一体どんな顔でそんなことが言えるんだと円窓をマジマジと見たが、普通の顔でシャアシャアとしていた。あのマジになって怒鳴りつけたのは、単に命令だったと！　もう、アキレテ、開いた口で噛みついてやりたくなった。まるでアウシュビッツ収容所の所長の、「私は命令に従って殺しただけ」――あれと同じではないか！　また、仮に円窓が、本当に百パーセント命令されてやったと思い込んでたら、性格に欠陥があると言わなければならない。

しかし、それでも兄弟子がそう言ってるんだから、返事ぐらいしなきゃと思い、

「ハァーッ、そうですか！」

「そうだョ。大体円楽さんがよくない！」

なんと円楽のせいにした。もう、イヤ！　もう、イヤ！　どうしてウチの一門は、責任を他人に押しつける奴ばかりなんだ！　どうして俺が悪かったと一言言えないんだ。

それから四、五日して、例の五人でお茶を飲んだ時、円弥が、

「こないだ円窓からさァ、電話があって、喫茶店に行ったらね。〝俺達は一兵卒なんだ、円楽さんがよくない〟って言うんだョ」と言うと、生之助が、

「円弥さん、本当？　俺も呼び出されて行ったんだョ。そうしたら円窓クンから〝俺達は一兵卒、円楽が悪い〟って同じこと言われた」

「本当、どこの喫茶店？　あすこの？　それだョ。いつ？　三日前？　そうだョ！　時間は？　三時？　オレは四時だョ」

何と円窓は同じ喫茶店で時間をズラして会い、同じことを言い、俺達に急接近して来たのだ。この変わり身の早さ！　朝潮関《あさしお》に教えてやりたい程だ。しかしこのことは、円窓、円楽の間に亀裂が生じていたということなのだ。

全く前途多難を思わせる三遊協会の発足直後だった。しかし判官《ほうがん》びいきの日本人の特性からか、三遊協会に多くの同情が集まった。

中でも九州のある医者から届いた手紙は、みんなを興奮させた。

〝円生さんの行動には、いたく感動を覚えました。全面的に支援いたします。つきましてはお弟子さん達も生活の面で何かと大変と思い、毎月五十万円ずつ送らしていただきます！〟

これを読んだ時思わず万歳を叫んだ程だ（ただこの手紙には問題が一つだけあった。あれから七年たったのに、いまだにお金を送って来ない。オーイ、九州の医者、今からでも遅くない。五十万円至急円丈宛《あて》に送れーッ！　早くしろーッ！）。

俺は、うれしくなり、この事実を落語協会員にも吹聴《ふいちょう》して廻った程だった（オーイ、五十万円の医者！　金よこせーッ！　まだ間に合うぞーッ！　グズグズするなーッ！）。

この頃はこういう激励の手紙がチョクチョク円生宅へ届いた。

三遊協会の具体的な活動が始まった。まず六月十四日に落語三遊たっぷり会が行なわれた。これは円窓が毎月本牧亭《ほんもくてい》で開いてた自分の落語会を使ってくれと申し出て急遽《きゅうきょ》一門会になったもので、前ならこれを聞いて偉いと思ったが、その時は、〝このおべっかやろう〟としか思わなかった。これを聞いた円弥が悔しがった。

「円窓にまたやられたョ。実は俺も二十八日に本牧で落語会をやるんだョ。師匠にそう言ったら、もう一回やらないかね！」

「二度もやんないでしょう。とりあえず、どこかでやらなきゃということでやったんですから」

「そうかァ、悔しいなーッ」と盛んにぼやいた。

七月に入ると、渋谷パルコ、西武劇場で三遊協会旗上げ公演が行なわれた。これは東急の東横落語会に西武が三遊一門をぶつけて対抗する意図があったようだが、客の入りの方は、イマイチというよりイマサンというところで、半年たたない内に打ち切りとなった。

また、新井薬師の境内で、三遊一門を救済する意味も込めて、円弥が中心となって毎月一回、弥酔会《やよい》がスタートした。

そしてもう一つ、これは俺が言い出した銀座十字屋寄席が毎週日曜日に開かれるようになった。これは歩行者天国の客を呼び込んでやるもので、入場料が三百円、一日三回興行！　高座に上がっている者以外は、呼び込み、案内、出囃子のテープ係、受付と手分けして働く、かなりハードな落語会だった。

なんといってもその特徴は呼び込みのやり方で、客に同情を買わせ呼び込もうというものだった。始まる前に全員が路上に並び、倒産しかかったチリ紙交換のような声で道行く人に訴える！

「えー、歩行者天国の皆さん、もうお忘れになりましたでしょうか、あの落語三遊協会が今銀座に戻って参りました。

もっとハッキリ言いますと、あの寄席に出られなくなった方なのです。あの時新聞に載った円生、円楽らの、〃ら〃の方なんです。ですから有名な人間は一人もいません！

師匠には仕事がゴチャマンと入るのに、我々は皆無です。私の横に立ってるこの梅生という男、今はこのようにやせてガリガリでございますが、先月まで百二十キロもあったんです。その横の旭生という男は一見太って見えますが、ごはんが食べられなくなって水ばかり飲んでいる内に体中にむくみが来て、とうとうこんな醜い男になっちゃったのです」

「おい、よせよ！」と、旭生はテレた。

「当人はよせよと言っておりますが、事実なのであります。それからこちらにいるのが生之助兄さんでございます。現在世田谷の千歳烏山《ちとせからすやま》に家族一緒に住んでおりますが、まだ家のローンがドカッと残っていて、家に帰るとオカミさんから、〝てめぇ、もっと稼いで来いッ！〟とムチでひっぱたかれるのであります。

今日の出演者は全員生活苦にあえいでいるのです！　もし、今日、お客さまが入ったら、一つのカケうどんを五人の出演者で分けて、残るおツユを去年入ったばかりの生吉がすするのです」と俺が言うと、生吉が調子に乗って、

「ハイ、私めがおツユをすする生吉です。ここにいる五人の兄弟子は、寄席に出るのはおろか寄席の二キロ四方に近づくと見張りがいて石コロをぶつけられ、お巡りさんに言いつけられます。

これッ、そこで三十六番と書いたTシャツを着てるオンナ！　笑ってる場合じゃない！　もし今日お客が来ないようなことがあれば、この兄弟子五人はガス自殺をし、私がマッチで火をつけることになってる。

たった三百円のお金で、六人の命が助かるのです！」

こんなことを言ってると、人が集まって来る。そこで二人ぐらいが後ろに回って、若い女の子がいると腕を摑んで、

「もう逃がさんぞーッ！　さァ、入ろうッ！」と、ほとんど誘拐同然に客を入れるが、

誘拐された当人も結構ニタニタ喜んで入って来る。

しかしそこまでしなくても、ある程度入ると三百円という安さも手伝って結構、自分で入って来た。寄席のワリ程度にはなったが、二カ月程しか続かなかった。何しろ落語を各自三席やり、受付、呼び込みと全く休むヒマがなく、また、途中から円窓師弟も入って来て、

「なんだ、円窓は一席喋って手伝いもしないで帰って！」

というクレームが兄弟子からつき、ポシャッた。

その他に秋からは、浦和ヴェルデで三遊一門によるヴェルデ寄席が毎週一回行なわれ、これは、その後、月一回となり、浦和市民寄席と名前が変わって続けられた。

もう一つ、九月三日に俺達実験落語グループの企画による『円丈VS川柳骨肉落語会』というワル乗り企画の見本のような会が行なわれて、最後に二人が襖を隔ててののしり合い、俺と川柳が取っ組み合ってるトコで幕が降り、終わってから仲良くチューハイを飲むという予定調和の世界であったが、こんな企画でも大好評で、客は入り切れず帰す程の大盛況だった。

円生と円楽の亀裂もだんだん深刻になり、七月に入ると、

「最近、円楽の奴が来ないが、あいつは何を考えてるのか、チッともわからん」とよくこぼしていた。そんな状況のとき、七月、円生、円丈、梅生の三人で福岡へ行った。

仕事が終わってからの食事の時、円楽の話になっていた。

「いや、こないだ、お客様から手紙をいただいてね。この頃、円楽の芸が荒れて来て下手になった。師匠から注意して下さいと書いてあったんだョ。そりゃあたしだって少しは荒れて来たと思うが言えないョ。そりゃ、相手が前座、二ツ目ならいくらでも言うョ。でも相手はもう立派にやってて弟子だっているんだョ。いくら自分の弟子だって、それは言えないョ。

しかし、それにしてもこの頃は、パッタリ来なくなっちゃった。それに仕事で会っても以前と違い態度がよそよそしいんだョ。何か人が変わっちゃったんじゃないかねェ」

俺は、よっぽど、「師匠、前からそういう奴ですョ！」と言ってやろうと思ったが、そこはグッとこらえ、今まで円生に仲間や兄弟弟子の悪口は言ったことがなかったが、そこで初めて言った。

「師匠、僕はあの時師匠に戻ると言いましたが、本当は円楽さんと一緒にいるのがイヤだったんです。僕は、あの円楽さんが嫌いなんです！」

と言い切った。円楽が嫌いだから戻りたいと言ったのは半分本当だが、戻る理由の残りの半分は、単純に寄席に出たかったからなのだ。だからそれは、俺が戻ると言ったことの円生に対する言い訳だったのかも知れない。

その時円生は、驚きと戸惑いを見せながら、

「あの、何かい、本当に円楽のことが嫌いなのかい！」

「ハイ、兄弟弟子は全員、円楽さんが嫌いなはずです！」

「おい、その、アレかい、円弥や生之助もかい？　みんな？」

円生はまさかという顔をしながら聞いた。

「ハイ、全員です！」

「フ――ン」

円生は、とても信じられないという顔で首を捻った。そして、また、

「おい、じゃ梅生！　お前も何かい、円楽のことが嫌いなのかい？」

するると梅生が、

「ハイ」と言って小さく頷いた。

「そりゃ、本当かい？」と円生は、まだその返事が信じられないといった口ぶりだった。円生は、自分が円楽が好きなんだから、他の弟子も当然円楽が好きなはずだと信じていたところがあった。それがこの頃の円楽が少しおかしいぐらいにしか思っていないところに弟子から突然、〝円楽が嫌いです〟と言われても急に信じることは出来なかったようだ。

円生は、しきりに首を捻りながら、

「フ――ン、じゃ本当に二人とも嫌いなのか」

「ハイ」と二人揃って頷くと、

「ウーン！」と考え込んでしまった。かなりショックを受けたようだが、まだ半信半疑な気持であった。二十数年そう思い続けていたのだから当然とも言えた。長い沈黙の後、

「そうかい。イヤ、しかし、今円楽と別れる訳にいかない。もしあたしと円楽が、ケンカ別れでもしたら、新聞、週刊誌で何を書かれるかわかったもんじゃない。だから円楽とはケンカ別れは出来ない！」と自分に言い聞かせるように言った。

一九〇〇年生まれの円生は、一九四四生まれの俺と比べて恥を掻《か》くということを極度に恐れ、それは俺の理解をはるかに超えていた。結局師匠が落語協会に戻らなかった理由は、世間に恥を掻くということに尽きる。

これ以後も円生、円楽の亀裂は更に拡がり、二人の反目は決定的なものになるが、それでも円楽とのケンカ別れを極度に恐れた円生は、面と向かって円楽に不満を言うことは存命中一度もなく、逆に円生がこらえていたところがある。また、円楽の方は、円生のこの辺のことを見透かしていて、かなり開き直った態度をとっていたのだ。

俺が一度円楽が嫌いだと言うと、兄弟弟子の間から円楽に対する非難を直接円生に言い出す者が続出した。それは一斉に堰《せき》を切ったように湧き出して来た。一度は円窓を除く全員が円生と夫人に、

「あの時円楽サンはあーでした！」

「その時円楽さんはそーでした！」

「この時円楽さんはこーでした！」

と暴露した。円生は、目を丸くした。

「イヤ、お前達が、それ程までに円楽のことが嫌いだったとは知らなかった」

ここに到って円生は、弟子が円楽を嫌ってる事実を認めるより他はなかった。そして最近の円楽の態度と弟子の非難を考えると結局、円楽はいい加減な男だと円生は結論を下したのだ。

驚いたことに、それから一ヵ月もたつと、

「あの円楽って奴は、実にどうもケシカラン奴だ！」

なんと円生自ら円楽を非難し始めた。九月に星企画で企画した三遊一門ツアーでハワイに行ったが、その間に円生と円楽は遂に一言も口を利かなかったのだ。

この二人の関係はその後表面上幾分か戻ったように見えた。それは三遊協会で一緒にやって行く以上、真打昇進のコト等で全く口を利かない訳にいかないという物理的な理由に過ぎない。普段円生と円楽はほとんど別行動をとっていた。それは三遊協会の中に円生―直弟子《じきでし》、円楽―その弟子といった二派が出来たようなものだ。事実、俺達と円楽の弟子達とはあまり口も利かないし、喋る時もお互い用心しながら話してたところがある。

この円生、円楽の二つの流れが、円生死後の円楽の大日本落語すみれ会と他の弟子の協会復帰へと繋《つな》がって行くのだ。

いずれにしろ円生は、以後円楽を二度と信用しなかったのだ。こうして円生の頭から円楽に自分の跡目を継がせようという考えも同時に消えてしまった。これがまた円生亡き後、夫人に、

「円楽に三遊協会を継がせないし、円生は私が墓へ持って行く！」

と発言させる原因になったのだ。

あの頃、俺達が円楽のコトを言うと、円生は、

「お前達は、円楽について行く訳じゃない。あたしについて来ればいいんだ」

とよく言っていた。

「寄席」に出たい！

円生の俺に対する態度は、以前と変わらなかったが、秋頃から少しずつ冷たくなって来た。原因は俺がまた、逆らったからだ。

円生と一緒に旅へ行き、その次の日にお礼を言いに行った時、にこやかな顔で俺に、

「どうだッ！　なァ、あんな寄席なんぞに出てセコな客を相手にして、わずかな金を貰うより、私と一緒に旅の仕事をしてドッサリお金が入った方がいいだろう？」

普通ならここで、

「エー、師匠、寄席なんていけません。もう収入が増えて大喜びで！」

「そうかい、うん、うん、ハッハッハッ」

と円く収まり、ハッピーエンドになる。しかし、俺はそうは言わなかった。

平然として何のためらいもなく、

「イエ、ヤッパリ寄席に出たいです！」と言い切った。円生の顔は、みるみる暗くなり、四、五秒の沈黙の後、俺の顔をキッと見て、

「全くイヤんなるねェ。お前って奴は義理ってものを知らないのか」と言って円生は、どこか他の部屋へ行ってしまった。

別に円生を怒らせようだの、困らせようという気はなかった。俺は円生に弟子が喜んでついて来てると思って欲しくなかった。少なくとも俺は、イヤイヤ来て、今もイヤイヤなんだということを知らせておきたかったのだ。

それに〝寄席に出たくない〟と答えれば、円生はそれを額面通り受け取ってしまう人だったし、他に上の者に反抗したくなるという新左翼的な持って生まれた俺の性格も加味している。

しかし何と言っても大きな理由は、俺と円生の心の絆が切れたということだ。円生を許していなかったのだ。

これを境に、円生は俺を遠ざけるようになった。そりゃそうだろう。円生も弟子の為に何とか仕事を与えようと必死だったのだ。それでも尚、平然と〝寄席に出たい〟という弟子を嫌うのは当然だろう。仕事の面で円生から廻ってくる仕事の回数が減って行った。だが敢えてそんな仕事が欲しいとは思わなかった。もちろん仕事をくれれば行った。

俺達五人と円生の仲は、俺を除いて回復しつつあったし、また仕事の面でも三遊協会の仕事が来るようになってきた。師匠は、弟子の為に仕事を与え、弟子はそれを喜んで行く、親鳥がヒナにエサをせっせと運ぶようなそんな平和な風景を、俺は憎んでいた。

俺はもうヒナじゃない、若鳥だ！　巣の上でバタバタと羽を拡げ、自分はもう巣立ちの時に来たと感じていた。

今こそ円生という束縛から解き放たれ、大空に飛びたたねばならない時だと直感していた。それは落語協会へ戻るなんて部分的な問題ではない。全ての面で自由になりたかった。

芸人には、丹精込めて手入れをして咲く花もあるが、俺は野に置かれた時初めて独りで咲くタイプの芸人なんだ。

ところがヤレ一門会だ、地方の仕事だと一緒に行くと、円生は、

「お前も新作は程々にして古典に力を入れろ」とか、

「今の噺のあすこは！」とか、いろいろと注文をつけ、ワクにはめようとする。俺は、新作に主力を置くつもりだったし、円生のようなキッチリした芸人になろうとは思っていなかった。以前、俺が落語をやった時、終わってから、

「なんだ！　あの噺は、方々忘れて随分抜けちゃってツギハギだらけじゃないか。三

年間逆戻りだ」と言われたことがある。ハッキリ言って俺は、ウケないトコロをドンドン抜き、二十分の噺を十二分ぐらいにコンパクトにまとめた。その方が噺にパワーがあったし、客にも受けた。しかし円生はそれを、忘れたと思ったのだ。芸人が百人いれば、百通りの違うやり方をする。俺も、円生から十三年学んだ。もう師匠の芸のコピーをする段階はとっくに終わった。今や応用し、それをどう新作に生かして行くかというところに来ていた。今俺に一番必要なのは三遊協会のように狭い土壌じゃない、伸び伸びと好き勝手にやれる場所なのだ。

それに中央の東京で評判にならなければ、マスコミの注目は浴びられない。そんな時、地方の仕事などハッキリ言って大した意味はなかった。どんなに金にならなくても、寄席を含めた意味の中央で評判をとるまで頑張る必要があったのだ。

そういう訳で、俺にとって三遊協会も円生も俺の障害物でしかなかった。そりゃ円生に調子を合わせて一緒に仕事をし、それで暮らして行けるとしても、そんなことが何年続けられるというのだろう。やがて師匠も死ぬ！　それから先はどうする。その時までヒナのままなら、それから先は死ぬしかないのだ。俺はイヤだ。俺は巣立ちをしたいのだ。大空を飛んでみたいのだ。その結果、飛び損なって地面に落ちて死んだとしても、それはそれでいい。とにかく試してみたいのだ。

だが現実に俺の周りを見渡した時、俺は日々に苛立《いらだ》ち、焦燥感が募って来た。その苛立ちの裏には自分は面白いはずだといぅ自信があった。そしていつも心の中で、〝畜生！　何故、俺は売れねぇんだ！　バカヤロー〟と思ったし、また、そういった不満が、俺に新作を作らした。その頃平均月二本程作っていた。ある時、ズーッと教えていた関東学院の落研の連中に、

「円丈さんって面白いと思うんだけど、どうして売れないんですかね」と言われ、ホッとしたような情けないような気持になったことがある。

そんな苛立ちをぶつけたような新作が『パニック・イン落語界'78』だった。吉本から芸人が東京に席巻して来て、大阪弁でないと受けなくなって、みんなで河合塾へ大阪弁を習いに行き、最後はとにかく円丈一人が生き残って他の芸人は全員野垂死《のたれじ》にをするというメデタイ落語を作ったのも、どうしようもない俺の苛立ちとあせりがあの噺になって現われたのだ。

昭和五十四年一月一日、それは正月だった。当たり前だけど。毎年元旦は午前中に円生宅に集まり、新年の挨拶をし、おトソを祝ってから、寄席や幹部連の年始廻りに出発することになっていた。この年の正月は、寄席廻りもなく、あまり大っぴらに幹部廻りも出来ないとあって、毎年八時頃集まったのがこの年は十時集合になった。

正月だというのに、俺はトコトン暗かった。俺の前途にかすかな明かりさえ見えてこなかった。ただ、真ッ暗なトンネルをあてもなく歩いているようで、とても正月を

祝うような気分になれなかった。

円生宅へ入って行くと、円生は夫人の部屋でおトソを祝っていた。俺は二人の前で、

「あけまし……ございます」と言った。すると円生が、

「エッ、何と言ったんだ」

「あけまして……おめ……ございます」

「何だそれは！　もっとハッキリ言ったらどうなんだッ！　〝あけましておめでとうございます。本年もよろしくお願いします〟とチャンと言わなきゃダメだ。新年早々、私に小言を言わせるんじゃないッ！」

「すいません。あけましておめでとうございます。本年も相変わりませずよろしくお願いいたします」

「ホラ、チャンと言えるじゃないか！　横着をしちゃいけない。ハイ、おめでとう！」

それから弟子の部屋へ行くと、お膳におせち料理、お酒が並び、いつものメンバーが飲んでいた。それから俺は、

「円楽サンなんかは？」と聞くと、梅生が、

「エーエ、何でも七時頃一族連れて来て七時半には帰ったみたい」

「エッ、何ィそれ？」

「仕事へ行くとは言ってたそうですが、あんまりいたくなかったんじゃないですか

ね」

　すると円弥が、

「ぬうちゃん、今日、夜どうするの？」

「別に、行くトコないんですヨ」

「そうだろう？　みんな行くトコないんだヨ。まさか師匠んトコで酔いつぶれるまで飲む訳にいかないしさァ。もしよかったら俺んトコへ来ない？　六ちゃんやみんな来るんだヨ！」

「あッ、そうですか、じゃおじゃまします」

　とにかく本当にやることがなかった。こうして飲んでると、一時間遅れで円窓が眠そうな顔で夫人の部屋へ入ってった。すると円生の大きな怒鳴り声が聞こえて来た。

「何だ、お前は、こんなに遅れて来て、幹部のつもりかッ！」

　俺達は、思わず顔を見合わせて笑った。それ以後この〝幹部のつもりかッ！〟というセリフが一門の流行語になった。仲間でチョッとした失敗をすると〝幹部のつもりか！〟と言い合った。

　三遊協会は、結局誰まで幹部で副会長なのかハッキリしなかった。わかってることは、円生が一番偉い、これだけだった。それにしても円窓は、円生にこの頃、激しくけられていた。

円生は全員が集まったところで一人一人に　"お前はアーしろ、コーしろ"　とアドバイスを与えていた。

元旦から三日間、霊友会の小谷ホールで初笑い新春寄席が行なわれ、メンバーは、円楽を除いた全員が出演したが、これは円生の顔で実現することが出来たもので、この三日間の円生の楽屋での奮闘ぶりは大変なものだった。

楽屋では自らネタ帳をつけ、

「円丈、少し延びてるから三分程短くやるように！　それから円弥、お前は一席終わってから踊んな！　そろそろ切れるか、ウン、太鼓は私が叩く！」

と大活躍だった。楽屋の主なことはほとんどやってしまった。しかし普通の寄席ではこれは前座の仕事なのだ。俺は思わず会長が立前座になったと思った。

そして三日間を普通の寄席と同じワリにした。何と三日で六万のワリ！　俺は二円だから中に十二万円入っていた。大体正月の寄席で二日間で七千円ぐらいが普通だから、三日で六万は凄いということになる。また円生は、六万のワリを対外的に示したかった。

この噂を聞いた川柳は、

「それじゃ六万のワリを貰った後で一門から出りゃよかった！」と叫んだ程だった。

でも俺はこの六万のワリを貰った時も大して嬉しくなかった。やっぱり、これは親鳥がヒナに与えるエサなんだ。俺は、そんなことより、ひたすら大空へ飛び立ちたかった。

　俺はこの後、もう一度円生に逆らった。円生は、なんとか俺について来てよかったと思わせたかった。きっとあの六万のワリで考えが変わったはずだと思ったのだろう。円生も強情なら、俺も強情だった。

　円生は今度こそという気持で上機嫌で、

「どうだ。六万のワリは凄いだろう！　ええ、どうだ。寄席へ出てたんじゃ、こんなワリは貰えまい、よかったろう！」

　だが俺は、またしてもニコリともせずに、

「イェ、やっぱり寄席は大事です！」と言い切った。円生は怒った。

「全くお前って奴は、義理ってェものを知らないのか！　そんなことはたとえ思っていても言うべきことじゃないんだッ！」

　この後も円生の小言は続いた。ただ黙って聞いていた。しかし俺は、この意見はどんなことがあっても変える気はなかった。

「円丈、お前はそんなことがわからないのか！　大体お前は……」

　多分、原因は俺にある。俺が悪いのだ。だが今の弟子の中でこんなこと言う奴が他にいるか。俺は、どんなにしくじっても構うもんか。聞かれなければ答える気はない。

しかし、聞かれたら何百遍でも同じことを繰り返し言うつもりだ。

俺の心に氷のつららが突き刺さって来る。どんどん悲しくなって来る。でもあの時の恩知らずと言われた程じゃない。

やがて小言は終わり、俺が玄関へ行き、落ち込みながら靴を履こうとすると、いつもは陽気な生吉が俺のそばに駆け寄って来た。彼は言葉を詰まらせながら、

「兄さんは、本当の……男ですネ！」と小声で言った生吉の目は赤く腫《は》れていた。

嬉しかった！　俺の言ってることが正しくわかる奴がここに一人いたのだ。俺も思わず喉を詰まらせながら大きく頷きながら、

「ウン、ありがとう！」と生吉を見たが、生吉は今にも泣き出しそうだった。

「じゃ、さようなら」と玄関のドアを押すと、

「おつかれさまでした」と、生吉は名残惜しそうに俺を見送っていた。

それから一ヵ月後、生吉は突然噺家をやめた。円生に言った表面上の理由は親の面倒をみるということだったが、実際はイヤ気がさしたのだ。それは後になり、彼がコックの修業の為にドイツに出発する前に、彼から聞かされた。

あの時、俺達より更に辛かったのが、生吉だろう。円生もあの騒ぎで生吉に構ってる余裕などなく、噺もろくに教えてもらえず、やっと寄席に前座として出て、大分慣れて来て面白くなりかけた頃に落語協会を脱退、そして地方の仕事は二ッ目以上がつ

いて行ったので彼は用なし。落語は、せいぜい月一回程度しか喋れず、来る日も来る日も雑用に追われ、ふと自分の将来に不安を感じてやめて行ったのだ。

浦和寄席の第一回、前座として生吉が来た時、高座を降りて来た生吉が、

「ありがとうございました。お陰さまで三ヵ月ぶりに落語を喋ることが出来ました」

と出演者の一人一人に深々と頭を下げてお礼を言ってた姿が、今でも印象に残ってる。

今回の分裂のような事件では、下へ行く程被害が大きくなる。生吉は、その被害を真正面からモロに受け、やる気をなくし、やめて行ったのだ。

生吉の下の小生《しょうしょう》はやめなかった。彼は分裂後入って来たので、寄席へ行って働いた経験もなかったので、師匠からあまり噺を教えてもらわなくても寄席に出られなくても噺が喋れなくても、こんなもんだろうと思えば耐えられると思う。生吉と小生の違いはこの辺にあるような気がするのだ。

これで三遊一門は、川柳、一柳に続き、三人目の脱落者を出したのだ。

生吉が辞める少し前に三遊協会は、円楽の弟子の楽松を二ッ目から真打にさせることが決定した。楽松より上に旭生がいたが、彼は抜かされた。全員が集まったところで、円生は言った。

「旭生には悪いが、芸は楽松の方が上だッ! しかし旭生! 気を落とすことはない。

あたしはチャンと見てる。もしお前の芸が上がったと思ったら、いつでも真打にしてやるから、いいなッ！」

「ハイ」と旭生も納得するしかなかった。

円生はここで考えた。自分のつくった真打を芸術協会や、落語協会に何らかの形で認めさせる必要があった。そこで席亭や協会に呼びかけて、真打の祝いや付き合いはしようと提案して、二つの協会と席亭もこれを納得した。真打披露に出席することは、とりも直さず認めたということになる。この円生の目論見《もくろみ》は成功した。

だが落語協会から来た最初の招待状が、なんと円生がセコだと非難した照蔵を含む十人の大量真打の披露招待状というのは全く皮肉だった。円生はそれを認めたくないばっかりに協会を飛び出したのに、それを認めなければ、楽松の真打も認めてもらえない。

そこで困った円生は、この披露宴に欠席する代りに、祝儀とお祝いの言葉を吹き込んだテープを送ったのだ。

だが最も皮肉だったのは旭生。本来ならこの十人の大量真打の中に彼も入ってた。ところが一緒に円生と脱退したので落語協会は、旭生をしばらくは待っていたが戻って来ないので、欠員が出来たところは別の一人が繰り上げ当選で十人になったのだった。

もし、円生に、「お前は出るんだろ！　わかってるんだ」と言われた時に〝ハイ！〟と答えて、どっかの身内になっていれば今頃、師匠から届けられたお祝いのテープを十人と聞いてめでたく真打ということになっていた。彼もまた三遊協会の被害者である。

三遊協会が出来てよかったことが一つだけある。それは円生の芸が一段と輝きを増したことだろう。自分の置かれた苦境をバネに円生の芸は燃え盛った。弟子になって十四年の間、円生を見て来て、入門八年目あたりに少し芸が落ちかけて来たことがある。

そして次の年に天皇の前での御前公演をやり、その後また芸が盛り上がった。きっと、〝私は陛下の前でやったのだから、セコな噺は出来ない！〟と思い、頑張ったのだろう。それ以後も一、二度であったが何かをバネに盛り返した。

今、また円生の芸が赤々と燃え出したのだ。それは歌舞伎座での独演会で最高潮に達した。七十八才にしてこの芸！　俺は信じられなかった。全く衰えを知らないのだ。入門当時から見ても、円生で下がった部分があれば、最も高い高音部の発声で声が多少かすれることと、肉体的には髪の毛が少し薄くなったことぐらいで、あの芸の迫力はいささかも衰えることがなかった。

この頃円生の好んで色紙に書いた文句が、「芸魂」の二文字。ゲーコン！　あまりよい言葉の響きじゃなかった。当時の円生は正に芸魂だった。それまでは〝今は只《ただ》めし喰うだけの夫婦なり〟とか、〝潮を吹くくじらは海のポンプかな〟という訳のわからない川柳が多かった。

歌舞伎座公演を機に円生の評判は更に上がり、かなりのハードスケジュールになっていた。自分のスケジュールを昔から書斎の黒板に書き出していて、入門当時は、三分の一程度しか埋まらず、しかも〝十六日十時指圧〟なんて仕事以外も入れてのことだ。それが今や黒板ビッチリに書いてもまだ足りないぐらいだった。しかも、そのスケジュールを精力的にこなして行った。

円生のスケジュールが忙しくなって来ると、俺達弟子のスケジュールはヒマになって来た。円生の仕事は別に三遊協会の円生ではなく、日本一の芸人円生を求めて仕事が殺到した。

それ故にその仕事のほとんどが円生独演会だった。だから弟子はお呼びでない。

この分裂の間に弟子全員に起こった現象は、全員太ったことだ。寄席には行かないから、仕事のない日は一日中家で食べちゃ寝てる。そりゃ太る。三遊協会は肥満の友！　俺も二キロ程太り、正月からジョギングを始めたぐらいだった。

円生倒れる

俺の日々の暮らしは、あきれ返る程単調なものだ。仕事のない日は家にいたが、ほとんど仕事がないのでほとんど家にいた。他には十日に一度円生宅へ顔出しに行くが、円生に大してよい顔はされないし、後は二カ月に一度の渋谷ジァン・ジァンでの実験落語で落語協会員に会える程度、まるで島流しにあったようなウンザリする日々。仕事は減る。希望はない。俺はほとんど腐りかかっていた。

それに引きかえ円生は元気で疲れを知らない。普通、人は、一年で一つずつ年をとって行くが、円生は一年で一つ若返るのではないかと疑った。とにかく信じられないほどタフなんだ。お供で地方へついて行っても、円生の後ろをペースを合わせて歩くのが骨だった。もっとも向こうは手ブラで、こっちは師匠と自分のカバンを二つ持ってるというハンデはあったが、それにしてもこの体力。それに水たまりがあると軽くニメートルぐらい飛び越えてクリアー、その後から俺は、飛びそこなってジャプン！失格。本当にこの人は七十八才の老人なのだろうか。

確かに円生は昔から健康には気を使っていた。ここ二十年毎朝体操をしていたし、毎週一回は必ず指圧の治療、最近はそれがハリにかわったが、やはり週一のペースで続けているし、朝起きると根コンブを水につけ飲んでいたし、三月《みつき》に一度の健康診断も欠かさず受け、体調には充分注意を払っていた。

しかしそれにしてもこの元気さは一体、何だろうか。前屈すれば手は軽く畳につくし、長講一時間の落語を熱演してもほとんど呼吸は乱れない。その上食欲は旺盛《おうせい》。円生は、「あたしは、二食《ジキ》でげすから」と二回しか食事をとらなかったが、その一食がまた、よく食べるんだ。おかわりを三杯し、その二回分の食事の量は、俺の一日の食事量よりずうーっと多かった。その上、お腹がすけば夜食もとったから結局三食！物凄い食欲だ。

この七十八才の老人のこの恐るべきパワー、しなやかさ、漢字にすれば柔軟性、驚嘆する瞬発力、あの飽くなき貪欲《どんよく》な食欲を一体、どう理解すればいいのだろう。全てに俺の思考を超越して今、円生は厳然としてここに存在しているのだ。

そう、そうなんだ。きっとこれは奇跡が起こったんだ。円生の三遊協会に対する執念が彼を不死身の体にしたんだ。あの執念が死をも乗り越えてしまったに違いない。

たとえ地球が何十回なくなり、全ての生物が死滅しようと、円生と三遊協会は永遠に不滅なんだ。

その円生の執念の前には時の流れすら止められてしまい、時は永遠に同じ時刻が刻まれるのだ。その中では何もかも昨日と同じで、その同じことが、永久に繰り返されるだけだ。何もかも変わりはしない！

ただその同じことの繰り返しの中で弟子達だけが確実に年をとり、老《ふ》けて行き、やがて次々に死んで行く。師匠は嘆き悲しみながら弟子達の弔いを出すが、また、新しい弟子達が次々と入って来る。やがてその弟子達もまた、死んで行き、また、弟子が入る……。

円生の永久に止まった時間の中で弟子達だけの時間が着実に過ぎ、あせりと苦しみを感じつつ、永久に変わることのない時の流れを呪いながら死んで行くんだ。

そう、絶対にそうに違いない。円生が死ぬはずがない。きっと俺の方が先に死ぬんだ。その時、百三十五才の円生は、

「バカッ、円丈！　お前は本当に我慢てえことを知らない奴だ。九十やそこらで死ぬ奴があるかッ」と死んだ俺に小言を言うだろう。そう思うと、俺の気持はまた、ドーッと暗くなる。

だが実際は違っていた。あのハード・スケジュールが知らない内に円生の肉体を蝕《むしば》

み始め、死はもうそこまで迫っていたのだ。

そんな頃、梅生は変な話をした。

「師匠がこないだ、自分が死んだ後みんな暮らして行けるかどうか、心配してましたョ」

「ホント？　だって師匠は死なないョ。そんなこと、まだ考えないんじゃない！」

「それが、かなり真剣に私に言うんですョ。〝円窓、円弥は、まァ何とかやって行けるだろうから、これは心配ない。生之助も器用だから何とかやって行けるだろう！〟と本気で心配してんですョ」

「じゃ、マジなんだ！」

「ええ、〝旭生もものまねなんかも出来るし、大丈夫だろう。円丈は？〟」

「エッ、〝円丈は〟の後は？」

「ええ、〝円丈は、よくわからん！〟」

「何？　それだけ！」

「そうです。〝一番心配してるのは梅生、お前だョ！　チャンとやってけるのか？〟とマジに聞かれると返事に困りました」

「だけど師匠は、どっか体に悪いトコがあるの？」

「チョッと胃潰瘍《いかいよう》でよくないんですョ」

「だけど胃腸が弱いのは昔からだョ。第一、胃腸が弱いぐらいの方が、一病息災でかえって長生きするもんだぜ！」

「エエ、そう言われりゃそうですけど」

「しかし、何でまた、師匠は突然そんなコトを言い出したんだろうねェ！」

俺はどうして円生が弟子の心配をしたのか解《げ》せなかったが、師匠は自分に死が近づきつつある予感を感じていたのだ。

六月頃になると円生は、どうした訳か、和紙にせっせと絵を描いては、せっせと知人にあげていた。今までは頼まれない限り絵を描くなどということはしない人だった。それが何かにとりつかれたように描き、人に贈っている。何故そんなことをするのか不思議でならなかった。

八月になると円生のスケジュールの過密ぶりはピークに達した。もうムチャクチャなスケジュールだった。九州で仕事をして東京へ着くと、今度はそのまま列車に乗り込み、東北で二日やって帰って来て、東京で一件仕事をして一旦帰宅してから、その夜、夜行で仙台へ。そんな日程がビッチリ埋まってる。

円生は、昔の芸人だったので、調整して週に一度は必ず休みをとるなんてことは一切しなかった。来た仕事は、そのままありがたくスケジュールに入れてしまい、その結果本当に忙しくなって来ると、全くオフの日がなくなってしまったのだ。

本当に異常な程の超過密スケジュールだった。仮に俺が、あのスケジュールをこなしたら病気になって寝込んでいたろう。

円生は、表面的には以前と全く変わりなく、このウンザリする程のスケジュールを元気にこなして行った。だが運命の日は刻一刻と近づいていた。


九月三日、円生の心臓は停止し、再び動くことはなかった。この日は誕生日で、弟子一同で金を出し合いイタリア製の茶の靴をプレゼントしたが、玄関で履いてみて、

「こりゃ、重いねェ。うん、重すぎるヨ。悪いけど換えて来ておくれ」と言った。

今まで履いていた靴とほとんど変わりがなかったが、カカトの部分は、何枚も皮を張り合わせるが、その部分が一枚だけ、贈った靴の方が多かった。兄弟弟子は、

「へェ、やっぱり、いつも履いてる靴より、少し重くなるだけでも気になる。微妙なもんだねェ」と感心した。

だが事実は逆なのだ。円生は、ほんの少ししか重さの違わない靴をとてつもなく重いと感じる程、体力は極端に落ち、息を殺していた死は、円生の体の中をゆっくりと廻り始めていた。そして円生は数時間後に死ぬことになる。

しかし、その時兄弟弟子の中でそれを感じた者は一人もいなかった。

「じゃ、しょうがない。これから小田急へ行って取っ換えて来よう！」と梅生は出て行ったが、円生は遂にこの新しい靴を履くことはなかったのだ。

この日は七十九才の誕生日で、「数えで今年八十才！　フーン、本当に丈夫な師匠だな」と思いながら家へ三時頃戻って来た。

俺が、いつものように七時頃、夕食をとっていると突然、電話のベルが鳴り出した。

「何だい、誰からだョ！」と言いながら受話器をとると、円弥夫人からだった。

「ぬうちゃん？　実は師匠が習志野《ならしの》で倒れたの」

「エッ、そりゃ本当ですか！　フン、で、どうして！　フン、高座の最中に苦しいと言って！　フン、えらいことに！　フン」

俺は驚こうと思ったが、ある緊張の中で、心は妙に落ち着き払い、冷静に事態を見すえていた。

「で、兄さん方は？」

「みんな、病院行くみたい！」

「そうですか……で病院の名前は、ハイッ、わかりました！」

「じゃ、他にも電話するから」

「ハイ」ガチャン！

病院には行きたくない！　俺は人がもがき苦しんで死んでゆくのを見たくなかった

からだ。

以前おフクロが危篤の知らせがあった時も、臨終を見たくないばっかりに次の日に行ったことがある。

実際、人間が死ぬ時なんて悲惨なもんだ。一度、親父の死に立ち会ったことがあった。ガンで死にかかった父は、骸骨のようにガリガリに痩せ、目をひん向いて天井を睨み、口を半開きにしながらゼイゼイと苦しそうに呼吸した。

それが次第に、呼吸はだんだん小さくなり、体温は足の方からみるみる下がって来た。親父の足が、親父の手が、次々に死んで行き、最後に親父自身が死んだ。

全ての機能は停止したのに、親父は死んでも尚、苦しがって宙を睨み、口を開いていた。あんな光景は二度と見たくない。

そこで俺は、円生宅へ電話した。

「円丈ですが、師匠の具合は？」

「わかんないヨ！」と夫人が言った。

「それでおかみさんは病院へは？」

「すぐ行きたいけど、留守番がいないヨ」

「じゃ、私が留守番をしましょうか」

「じゃ、そうしておくれ！　弟子が全員病院へ行ったって役に立ちゃしないんだから！　じゃ急いで来ておくれ！　お前が着き次第、出かけるから」

「ハイ、伺います！」

それから慌しく着換えをし、玄関の所まで来ると、ウチのカミさんが、

「ねェ。師匠、大丈夫なの？」

と不安そうな声で聞いた。俺は思いつめた表情で振り向きもせずに吐き捨てるように、

「イヤ、死んでくれなきゃ困る！」

と言った。カミさんは少し驚いたような顔をしていたが、俺は構わず表へ飛び出した。

実はあんなことを言う気は全くなかった。家の中では、仕事の話はしなかったし、いくら夫婦の間でもカミさんには、いい弟子であるトコを見せたかった。

「イヤ、大丈夫だろ。師匠のコトだからジキによくなるさ」とか言ってとりつくろう気だったし、ゼヒそう言いたかった。

だが咄嗟《とっさ》に出てしまう言葉は、何の飾りも持たない。言ってはいけないと理性で押し止めていた言葉がそのまま出てしまった。俺は思わず口を押さえたくなった。

八時少し前に師匠宅へ着くとスッカリ支度をした夫人が、玄関で待っていた。

「じゃ、出かけるけど、いいかい、電話台のトコにボールペンとメモ帳を置いといたから、お見舞いの電話がかかって来たら誰からかかって来たか一人一人書いといてお

くれ。じゃ、頼んだョ！」

と飛び出して行った。電話の所に確かにメモとボールペンが置いてあった。

俺は待ってる間テレビでもつけようか、留守番も悪くないと思った途端、リーン、リーンと電話が鳴り始めた。その上電話は、師匠の部屋と夫人の部屋に一本ずつ、しかもハジとハジ。

いやァ、かかるのなんの。二本の電話が交互に鳴る。一体どこで話を聞きつけたのか、知人、芸人、後援者、親戚、新聞社などからひっきりなし。その度に二つの部屋を駆け足で行ったり、来たり。

こんなことなら病院の方へ行きゃよかったと思った程だった。ところが電話はジャンジャンかかって来るのに、肝心の病院からはその後何の連絡も入らないから、状態を聞かれても、

「えー、どーなんですかね。ハー、トントわかりません。軽いのか、重いのか、ハー、エー、ドコが悪いって、アッチ、コッチ、悪いんじゃないんでしょうか」

というふうにしか答えようがなかった。もういい加減に電話の応対にウンザリしてるところに、「アラ、どうも」と生之助夫人が入って来た。兄弟弟子は、彼女のことをさっチャンと呼んでいた。彼女は昔、円生宅でお手伝いさんをしていたことがあり、そこで生之助と知り合い、結婚した。つまり落語界の職場結婚。その後も何かあると

必ず手伝いに来ていた。生之助一家は、亭主も女房も二人とも、円生とは深い関わりを持っていたのだ。

「アッ、さっチャン、ごくろうさまです」

早速二人は、手分けして電話を一本ずつ受け持つことになり、やっと少し楽が出来るぞと思ったら、その途端に電話があまり来なくなった。悔しいなァ。どうやら峠を越したようだ。

夜の九時を廻っても病院からは依然何の連絡もなかった。俺は生之助夫人に、

「しかし、師匠んとこへ七時前に電話があったっきり、何も言って来ないのは、おかしいですヨネ」

「本当よねェ。だって病院にはあれだけ大勢のお弟子さんがいるんだから、一人ぐらい電話をかけて来たっていいのにねェ。ホント、男って肝心な時に役に立たないわねェ！」

ギャフン！　全くその通りだ。きっと病院の控え室でオロオロして、みんなで誰が一番オロオロ出来るか、オロオロ合戦でもしてるんじゃないだろうか。

きっと俺が行ってもそうなったろう。本当に男は、こういう時役に立たない。

リーン、リーン！

「ハイ、もしもし、アッ、梅生さん？　エッ、何ィ、何なの」

「ハイ……九時三十五分……心不全で、……亡くなりました」

「エッ、本当？」

その一瞬、俺はあの出がけに〝死んでくれなきゃ困る！〟と言ったことに後ろめたさを感じていた。だがその他の事で、俺の心は一切の反応を示さなかった。物凄い醒《さ》めた部分で円生が死亡したという事実だけを了解し、記憶細胞に情報を伝達しただけだった。

しかし、電話口の梅生は、辛そうな声だった。彼は、しばらく黙ったまま電話に立っていた。すると受話器から、

「梅生、チョッとどいとくれッ！」

と夫人の声が聞こえて、

「円丈かい！　あたしだョ。これからすぐお父ちゃんを連れて帰るから、部屋の掃除とそれから応接間のソファなんか、人が大勢来ると邪魔だから、物置部屋か廊下へでも出しといておくれッ！　それから布団を敷いてシーツは新しいのを出して、玄関の所には塩を置いといておくれッ！」

夫人は気丈な人だった。こんな時でも涙声一つ出さずにテキパキと指示を与えた。

「それからネ。さっチャンに言っとくれ。生之助は、どうしたんだい。来やしないョ。弟子で来ないのはアレだけだョ。電話があったら、もうとっくに病院を出たって言っ

ておくれッ！」

「ハイ、わかりました」ガチャッ！

「さっチャン、まだ生之助兄さんが、病院へ来てないそうですョ！」

「エッ、もう二時間以上も前に出たのョ！」

と話をしてる直後に、リーン。

「ハイ、円生宅でございます」

「ぬうちゃん、ワリイ、ワリイ、もう迷っちゃってねェ。病院どこなの？」

「兄さん！　師匠はダメだったです。ですからみんなこっちに向かってます！　おかみさんが怒ってましたョ」

「ホントゥ！　ワリイ、ワリイ、じゃすぐ後から追っかけるから。おかみさん、カンカン？　じゃ、うまく言っといて、ワリイ、ワリイ」

そんなにワルがることもなかったが、一番忠実な弟子の生之助だけ、病院に間に合わなかった。

通夜の独演

それから美野マンション四〇五号室、円生宅では、深夜の大掃除が始まった。大急ぎで掃除や片づけを済ませて、布団を敷き、到着を待った。

一服する間もなくマンションの下の方から、バァーッ、バァーッと車のクラクションの音が響いて来たので、俺は玄関にあるサンダルを突っかけてマンションの四階から一気に階段を下り、車の方へ走って行った。

「いいかい、乱暴に扱うんじゃないョ！」と言う夫人の声がして、師匠を車から外へ丁度運び出したところだった。

既に死後硬直で固くなり、毛布にくるまれた円生を悲痛な表情をした弟子達がミコシのように担いでいた。

俺も駆け寄って担ごうかとも思ったが、円楽を始め大勢で担いでいたので割り込む余地が全然なかった。そこを強引に入って行くとミシミシにただつかまっているだけのように見えるのでやめ、マンションの入口へ飛んで行き、ドアを開けて固定した。そこをしずしずと円生は通り過ぎ、次はエレベーターを開け、中に入り、〝開〟のボタンを押し続けた。

弟子に担がれた円生は、足の方から入って来た。

「いいかい、そおっとだヨ、そおっと運んどくれッ」と夫人の指示が飛んだ。

「アッ、すいません、真ッすぐだとつかえて入らないんです！」

「じゃ斜めに入れろッ！」とエレベーターの四角に対して対角線上に入れようとした。

「すいませんッ！　頭が入らないんですが」

どうやってもマンションの狭いエレベーターには入らなかった。エレベーターに乗れなくなった円生！　それはもう、人間ではなく、ただの物体になっていた。

するとと夫人が、

「いやだヨ、いやだョ。ぶつけちゃ！　階段で行っておくれ！」と叫んだ。

「おい、外へ出せ！　気をつけろ、気をつけろ」

と、こうして今度はマンションの狭い階段を使い、上げ始めた。俺は、一足先にエレベーターで四階へ行き、四〇五号室のドアを開けて待った。もう水先案内人のようなものだった。

しばらくドアの所で待っていると、階段の方から、

「落としちゃダメだヨ。頭を気をつけて!」

と夫人の声が聞こえてきた。その声はまるで、〝この世界一偉いお父ちゃんは、死んでも私のもんだヨ、誰にも誰にも渡しゃしないヨ! 私のお父ちゃんなんだ!〟と叫んでいるように聞こえた。そして円生は新調した高級家具のように大事にされ、一段、また一段と階段を上がって来た。

やがて入口に入る時、

「円丈! 塩だヨッ、塩をまいておくれ!」

と夫人に言われて気がつき、一人一人に塩をふりまいた。

そして、いつもの布団に置かれた円生は夫人の持って行った寝巻きをつけ、安置された。

俺は、正座して合掌をした後、師匠の顔を覗き込んだ。円生は鼻の穴に脱脂綿を詰められ、両手首をヒモで縛られ、胸の所で合掌させられていた。

それを見た時、これは円生ではない! 単なる脱《ぬ》け殻《がら》だと思った。それはおフクロの死に顔を初めて見た時も脱け殻だと感じた、それと全く同じだ。これが円生のはずがない。

芸の中にあれ程形の美しさを求め、日常生活にも端正で決してくずれた姿勢を見せ

たことのない円生が、こんな無様な姿をするはずがない。閉じられた目は、薄目を開け、口もわずかに開き、歯が二本覗いていた。

生前、円生の開いた口から歯が見えることは決してなかった。たとえ死んでも口ぐらい自分で閉めるはずだ。手首を縛られなくても自分で指を組んだはずだ。第一いくら死んだとはいえ、鼻に脱脂綿を黙って詰めさせる訳がない。それに、あんなにキッチリしていた師匠が、こんなだらしのない顔になることなどありえない。

やっぱり脱け殻なんだ。俺はこの薄目をあけた脱け殻の目蓋《まぶた》を恐る恐る閉じてやった。ヒヤッとした皮膚は、フニャッとした。

もし、これが円生なら目をカッと開き、

「円丈、何てコトをすんだ。バカモノ！」

って怒るはずなのに、脱け殻はただジィッとしていた。これは、やっぱりヘビや蟬《せみ》の脱け殻と同じなんだ。

そこで俺は改めて、やっぱり円生は死んだんだ。あの厳格で端正だった円生はもういないんだと思った。

「みんなチョッと手伝っておくれッ」の声で応接間と師匠の部屋の襖、本棚は片づけられ、二間続きの部屋は完全に一つの空間になり、円生が愛用していた座り机には白い布がかけられ、そこに位牌《いはい》、線香が置かれ、その向こうに円生の写真の入った額が飾られ、だんだんお通夜らしくなって来た。

つい二、三時間前、火の消えたように静かだった円生宅には、弟子は無論のコト、やめた全生《ぜんしょう》、生吉、三遊企画の山崎、星企画の藤野や、楽松、賀楽太《がらくた》の孫弟子等が駆けつけ、賑やかになって来た。更にそれに輪をかけて新聞社、テレビ局もがドット押しかけ大騒ぎ！　しかし取材は大抵円楽か、夫人！

だが、珍しく梅生が、最後まで円生についてた弟子として取材されていた。

毎度のことだが俺にはナシ！　本当にマスコミは、正直というか、薄情というか、一人として、「留守で待ってる間は、心配だったでしょう」なんて聞く奴はいなかった。

バーロー！　お世辞でイイから聞けッ！

円楽のところには、新聞、テレビが入れ替わり、立ち替わりのインタビュー攻め。どんな話をしてるかと聞いてみた。

「病院で亡くなられたと聞いた時のお気持は、いかがでしたか？」

「エー、後五年は師匠には生きていて欲しかった。私は、親父を早く亡くしたので実の親父のように思っていました。それが……、突然、亡くなるなんて」

と円楽は、泣いた。ボロボロと涙をこぼしたのだ。

「それに今日は誕生日で、赤い靴を弟子一同で贈ったのですが、それを、……履かずに、……亡くなるなんて」と、また泣いた。

「それで葬儀の日取りは？」

「ハイ、明日四日がお通夜、六日が密葬で、葬儀委員長は私がやります！」

俺は、この言葉には唖然《あぜん》とした。何と誰にも相談もせず、自分勝手に日程と葬儀委員長をその場で決めてしまい、それをまた、誰の了解もとらずにマスコミに知らせてる！

円楽って男は、全く不可解だ。三遊協会が成立以後、一番助けの欲しかった頃、師匠を見捨てておきながら、イザ死んでマスコミの注目がこっちへ向くと突然、シャシャリ出て来て、〝ハイ、葬儀委員長は私です！〟と言う。きっと宇宙の中心は自分だとでも思っているんだろう。
四、五カ月あまり会わないから、少しは人間的に成長したかと思えば全く変わっていなかった。円楽は、思春期に背の成長の為に人間成長の方が背に廻されて発達しなかったんじゃないのか！
一軒の家の中で大声でこんなことを言えばすぐ伝わる。夫人の部屋で三遊企画の山崎は、夫人に、

「お母ちゃん、円楽さんが、テレビ局に勝手に日取りや、葬儀委員長は俺だって言ってるけど、あんなこと言わせといていいの？」

「また、円楽がそんなこと言ってんのかい。私は円楽を葬儀委員長にはさせないョ！」

と夫人はハッキリ否定した。この時俺達も夫人の周りに集まっていたが、梅生が、

「しかし、円楽さんてマスコミ好きですねェ。もう倒れたって聞いた時点でもう星企画の藤野さんに言ってマスコミに知らせていたんですヨ」

「早すぎるョ。そりゃ」と俺は言った。

「エエッ、それで死ぬとまた、真ッ先に藤野さんに電話させて」

「エッ、本当？」とみんな驚いた。しかしここまでマスコミ好きだともう病気としか言いようがない。病名は、マスコミ自分だけ目立ちたがり屋心身症！

そして円生の後援者や、円蔵、志ん朝、円鏡らごく親しい芸人等も続々と弔問に訪れて、更にそこにも報道陣が群がり、俺達は、いる場所がない程だった。

それが十二時を廻るとサーッと潮が引くように報道陣も弔問客も帰って行き、やっと一段落！　そこへ生之助夫人が、お盆に氷とコップをのせて持って来た。後から夫人が、円生のとっておきのウイスキーを持って、

「これお父ちゃんのウイスキーなんだけど、功徳《くどく》になるから飲んどくれ！」

「ハイ、いただきますッ！」

人数も多いせいか、三十分もしない内にボトルが空になった。すると誰かが、サイドボードに洋酒が並んでいるのを見て、

「こりゃ、何じゃねェのか！　もう一本ぐらい飲んでも功徳になっていいんじゃねェか！」

「そう、功徳ですヨ！　おい、小生、その安いのでいいからとれヨ！」

「ハイッ」

こういう時は、一番下の者に言いつけて責任転嫁する。それで二本目にかかるが、これも三十分程でカラッ！

するとと少し酔いも手伝って大胆になった星企画の藤野が、ウイスキーの棚を見て、

「あのねェ。これが一番高いウイスキーなんだヨ。これを飲むのが一番功徳になるヨ」

すると、楽松が、

「ええ、そりゃもう功徳になりますとも、もう大師匠も大喜びです」

と言うと、俺達直弟子も、

「そりゃ、いいことです！」

「ホント、功徳！」

と全員一致で可決して、三本目！　こういう場合、直弟子は思ってても言い出せないもんだ。

「うん、さすがにいい味だね。ホント、師匠も大喜び！　いい功徳だ！」

なんて勝手な理屈をつけては飲んでいた。そして向こうの方では、円楽が、先程からテレビ局の川戸や新聞社の安田を相手に独演会の真ッ最中！　彼は静かに安置された円生に背を向け、胡座《あぐら》をかき、パァパァと話を始めて、その独演会は二時間も続いた。俺は黙って耳を傾けた。

政治の話、今年の巨人の成績、島倉千代子《しまくらちよこ》の話等をしていたが、その二時間の間でただの一度もエンショウのエの字も出なかったのだ。そりゃ他の日ならわかる！　だが死んだその晩だ。しかも円生に背を向け、胡座をかいて円生の想い出話の一つもしない円楽！

俺は、そんな円楽の無神経さが大嫌いだッ。その円楽も喋り疲れたものか、

「これから追悼番組の録画どりがある！」

とか言って帰り、円生宅に静けさと平和が甦《よみがえ》った。

寝る者は、その辺にゴロゴロと寝て、起きてる者は、線香の見張り番をしながら水割りを持ち雑談をした。俺は、梅生にゼヒ死んだ時の様子を聞きたかったので、

「ネェ、何か師匠は変なトコなかったの？」

「イヤ、そう言えばネ。習志野へ行く時、車の中で後部座席で完全に横になって寝ちゃったんです！　座ったまま居眠りをすることはよくありましたが、完全に寝ちゃったのは初めてです」

「じゃ、もう体力が衰弱し切ってたんだ！」

「エー、向こうへ着いたら師匠が、〝チョッと今日はあたしは疲れてるから短いけど悪く思わないようにお断りをして来てくれ！〟と言うんですョ」

「ヘェーッ、なる程」

「それで始まって楽屋に私がいたら、山崎さんが入って来て、様子が変だというんで高座を見に行ったんですが、いつもより噺がセコイなと思ったぐらいで、楽屋に用があるから戻って来たんです。そうしたらまた、山崎さんが来て、〝やっぱり、おかしい！〟って言うんで、また見に行ったんだけど、元気がないなぐらいにしか思わなかったんです。それで二十分ぐらいして終わったら、師匠が立てないんです！」

「へぇ、フン、フン」

「で、山崎さんと二人で抱きかかえるようにして楽屋へ連れて来たら、もう座ってらんない。〝横にしてくれ！〟って言うから、とにかく着物を脱がせて師匠を寝かせたんですが、普段汗をかかない師匠が、汗びっしょり！

そうしたら、〝苦しいから医者を呼んでくれ！　息が苦しい！〟ってもがき始めたんです。

係の人に言ったら、医者は呼べないから救急車を呼びましょうって電話してくれたんです！　それで楽屋に戻ったら、〝トイレへ連れてっておくれ！　うんこが出そう

だッ！〃って言うんですけど、とてもトイレなんか連れてくような状態じゃないから、紙を下に敷いて、

〃師匠、どうぞッ！〃

〃イヤ、そんなことは出来ない！　ハァ、苦しい、頼むからトイレに！〃

〃いえ、大丈夫ですから〃

〃ハァッ、トイレに！　ウン、く、くるしい〃

〃イエ、チャンと大丈夫ですから、ここへ〃

〃ウン、ウン〃

って、まァ結局、そこへさせましたけどネ。でも後で医者に聞いたら心臓で、それを出したらまず助からないんだそうです！」

「フーン、如何にも師匠らしいねェ。どんな苦しくても、無様な姿を見せたくなかったんだねェ。で師匠は、病院へついてもずうーっと話せたの？」

「イエ、もうほとんど話しませんでした。呻《うめ》き声ぐらいなもんで、死ぬ一時間ぐらい前から、完全に声も出さなくなりました。

私が、一番ハッキリ聞いた最後の言葉は、救急車へ運ばれていく時、物凄い大きな声で、〃くるしいッ、ダメだな、こりゃ！〃と言ったのが最後でした。あとはただ〃くるしい〃だけでしたから」

「じゃ、ダメだ、こりゃっていうのが臨終の言葉になったんだネ。何か、他に言ってなかった？　〝みんなに悪いことした〟とか、〝円生は、円丈に譲る！〟とか」

「言いませんヨ」

「やっぱりねェ。じゃ〝円楽をみんなで張り倒せ！〟とか」

「言いませんッ！」

「だろうね。言う訳ないよねェ！　それで病院へ行ってからの師匠は、どうだったの？」

「エーッ、その病院に日本で五本の指に入る心臓の権威の医者が、師匠の為に駆けつけて白衣に着換えたんですが、師匠を一目見て、〝アー、これか、わかったッ〟と言って、白衣を脱いで背広に着換えちゃったんです」

「じゃ、もう本当にダメだったんだ」

「ええ、それで若い医者が五、六人で思い切り胸をドンドンと叩くんですョ。それで一人五分もやると、〝おい、疲れたから交代しよう！〟ってすぐ代るんです。あたしは、師匠の肋骨《ろっこつ》が折れるんじゃないかと思った程です！

　もちろん酸素吸入をして、叩くと心電図がピクピクと動くんだけど、放すとスーッと横になっちゃう。だから九時三十五分に死亡になってますが、実際はもっと早く死んでたんじゃないですかね。

でも弟子として、師匠がいくら意識不明といっても、あんなに胸を思いッ切りひっぱたくのを見るのは辛かったですョ。それにダメなことはわかってんだから余計です。結局あの心臓マッサージは、病院は一生懸命やったのにダメでしたという言い訳みたいなもんです」

「ヘェーッ、そんなもんかねェ」

と俺達が話をしてると、隣の方では、やめた全生と生吉が、やめた同士気が合うのか話をしていた。全生は、生吉が入る五、六年前にやめたので全く面識がなかった。全生は当時内弟子で、師匠の家に寝泊まりしていたが、ある日突然、朝起きたら全生がいなくなって、それっきりやめた。やめた理由は、彼は夜中チョクチョク師匠の家を抜け出しては飲みに行ってたようだが、夜中に夫人が目を覚まし物騒だからと鍵をかけてしまい、中へ入れなくなり、そのまま帰りにくくなって結局やめたようだ。

しかし、その間心配した円生は、心当たりへ電話をし、

「もし全生を見かけたら怒ってないから戻るように！」

と言っていた。全生は、それ程可愛がられていた。

それにひきかえ生吉の扱いは、俺の目から見ても粗末なもんだ。下男のように見えた。

全生は、生吉に自慢話をしていた。

「生吉さん。俺はねェ。師匠に随分可愛がられていたんだぜ。食事は全く同じモノを食べ、洋服や着る物は全部買ってもらってさァ。よかったぜ！」

「ヘーェ、そうですか」と生吉は、まるで夢物語を聞いてるような顔をした。

「それにさァ、昼間でも寝てても、俺には、これっぱかりも小言も言わないし、小遣いもくれたし、俺は、円生の子供同然の扱いだったんだぜ！」

「ハーァ、そーですか！」

生吉は淋しげに笑った。しかし、俺は、こんな自慢話にだんだん腹が立って来た。そんな話を生吉にするのは、あまりにも残酷な気がした。それに全生は素質のある奴だと俺も認めていた。そんな男が、今はバーテンをしてるのだ。俺はよっぽど、

「バカヤローッ！　そんなに可愛がられ、素質もあるのに何故やめたんだ」

と言いたくなった。しかし、これも円生のお陰で絶対会うことのない全生と生吉が会って話をしてる。何もその会話のことで俺が勝手に腹を立てることもなかったのかも知れない。

アッチ、コッチに話の輪が出来ていたのが、やがて寝そべって話をしだし、その内に話を聞きながら寝てしまう奴とか、だんだん静かになり、俺も知らない間に寝ていた。

元弟子弔問

翌日、人の話し声で目を覚ますと七時少し前だった。弟子達四、五人が新聞を見て話してた。

「アラッ、上野のパンダが死んじゃったヨ！　何だいこれは、パンダの死亡記事が中央で師匠の記事がハジの方だヨ！」

「アレッ、ホントだ！　動物のくせして師匠より大きく死亡記事が載るなんてとんでもない奴だヨ」

その声でガバッと起きて新聞を覗き込むと、なる程中央のメインにパンダの記事、その横の方に五段抜きで円生の記事！　円生VSパンダの対決。芸では円生、人気ではパンダ！

その後でいろいろ新聞を買って見たが、一般紙では、パンダが優勢！　スポーツ紙の芸能欄では円生が圧勝！　もっともパンダは芸能人じゃない。それにしても失礼な動物だ。チンチン一つ出来ないくせに師匠より目立つなんて、本当にとんでもない話だ。

その内にこっちの方では、テレビをガチャガチャと廻してニュースを見ていた。円生の死亡ニュースを各局が流していた。

どのニュースも、ほとんど円楽のインタビューの姿が映し出されたが、俺はそれを見て唖然としてしまった。

話す内容は少しずつ違ったが、どの局のインタビューもなんと泣いていた。つい五、六時間前、円生に背を向けて、胡座をかき、全く円生とは関係のない話を大声でして、全然死者に敬意を払おうとしなかった円楽。あの円楽が、ナント泣いている。どの局も全部だ。

もしあの二時間に一度でも円生を見てシンミリでもしたのなら、あのテレビの円楽の涙を信じもしよう！

俺は、五時間前の円楽と四十五にもなってワァワァ泣く円楽とはとても同一人物とは思えなかった。さァ、ここで問題です。

円楽は、何故どのインタビューにもあんなに泣いたのでしょう。

㈠ギャラが出なかったから！

㈡テレビカメラを向けられると涙が出て、いなくなると涙の止まる病気だから！

正解は各自考えョ！

朝の七時半を廻る頃から葬儀社が来て、祭壇をつくり、花環が次々に届けられ、本格的に葬式という雰囲気が盛り上がって来た。

九時頃になると弟子達は、一旦自宅へ戻った。何しろ、全員急を聞いて駆けつけたので、着のみ着のままで集まった。それに満足に顔も洗ってない。一度礼服に着換えてから午後二時頃にまた集まることになった。

再び着換えて円生宅へ行くと、遺体はもう棺に納められ、白と黒の幕が張られ、その幕に沿って生花が所狭しと並んでいた。

「ねェ。この花はもっと後ろでイイョ。アッ、この先生の花環は、その正面のこの辺に置いておくれ！」

夫人は花環の順序にしきりに気を使っていた。ところがこの花環が実にやっかいだ。

これで一応おさまったと思うと、

「こんちは、生花をお届けに参りました！」

と花屋が新しい花を持って来る。

いちいちこんなことで忙しい夫人に相談出来ないから、相手の贈り主の地位と円生との関係の深さからその新しい花環の入る場所を決定して行く。

「やっぱり、この辺だろうな。ここにしよう」と決めて、そこを一つずつズラして置く。

「ウン、これでよしよし」と思うと、

「エー、花をお届けに！」なんてまた来る。

そのたびに花をアッチコッチへ移動させる。しかもダラダラといつまでも来る。

もうバカバカしくなって来る。花環がようやく届かなくなったのはお通夜の始まる寸前だった。花は随分来たが、それでも俺が予想した数よりかなり少なかった。やはりあの分裂事件が微妙に影を落としていたようだ。

それに噺家の場合、噺家が死んだ時より、その夫人が亡くなった時の方が、花の数や弔問客が多くなる傾向がある。

それは、その師匠が死ぬとほとんどの場合、つながりが切れるが、夫人が死んでもその師匠との関係は以後も続くし、その噺家によく思われようと思えば、どうしても花も届けてお通夜にも葬儀にも両方出席したりする。

円生の場合もこんなことも影響していたかも知れない。

四時少し前に、玄関の所にあの一柳が黒紋付姿で思いつめたように立っていたので、

「アッ、兄さん、そんな所に立っていないで、どうぞ、どうぞ！」

「あのぅ、おかみさんは」

「その応接間にいますョ！　どうぞ」

「じゃァ」

と意を決したように草履《ぞうり》を脱ぎ、夫人の元に両手をつき、

「ごぶさたをしておりますが、師匠にお線香を上げさしていただいてよろしいでしょうか」

「好ちゃんかい、アーいいョ、いいョ。何かあったって今でもお父ちゃんの弟子なんだから、ゼヒ線香を上げてやっておくれッ！」

「ハイ」

と答えて一柳は、線香を上げ両手を合わせた。目から大粒の涙をボロボロ流し、顔をクシャクシャにさせて泣いていた。その時の一柳の胸中を到底、推し量ることが出来なかった。一柳は、俺の何倍も円生にホレていたのだ。だからその何倍も円生を憎み、その円生から脱《ぬ》けようと思って尚脱けられないであせり、破門された悔しさ、断ち切れない思慕！　その今の一柳の気持などとても想像することすら出来なかった。でもわからなくても、俺はうれしかった。一柳が、帰って来た。俺には、これだけで充分だった。

それから二、三十分すると今度は川柳が入って来た。彼は、顔中マジという顔をしてた。俺は、彼のこんなマジな顔を見ると、つい笑い出しそうになってしまう。とに

かく、こんな真面目な顔の似合わない人も珍しかった。

夫人に挨拶をして線香を上げた後、俺の傍に近寄って囁《ささや》いた。

「ぬうちゃん、見たかヨ、〝泣きの円楽〟を！」と突然聞いた。

「何です。泣きの円楽って！」

「ホラッ、円楽がどのニュースでも泣いてたろ。だから〝泣きの円楽〟っていうんだヨ。寄席から来たんだけど、楽屋で大評判、みんなで、〝これからは『泣きの円楽』って呼ぼう〟と話し合っていたんだヨ！」

「ヘェ、しかしよくあんなにうまく泣けるもんですね」

「ありゃねェ。もう涙腺《るいせん》が緩んでるんだヨ。それに手術でもしたんだヨ。コメカミを押すとピューーッと涙が出るようになってんだぜ！」

「そんなアホな！」

と俺は思わず大笑いしそうになったが、グッとこらえた。しかし、この〝泣きの円楽〟という呼び方は、その場で広まり、以後もたびたびこの言い方をみんなで使った。

夕方からお通夜が始まったが、後に落語協会内で、〝あのお通夜の席で弟子の中でニコニコしていた者が二人いた。川柳と円丈だった！〟という噂が立った。

ハッキリ言おう。俺は、円生が死んで一度も泣いたことはなかったし、悲しいとも感じなかったのも事実だが、いくら何でも師匠が死んでニコニコはしない。ただきっと〝こいつ、師匠の死を悲しんでないな〟と見透かされたのかも知れない。

ただ俺は、葬式で泣くのが嫌いだ。親父やおフクロが死んだ時も一度も泣かなかった。一度、おフクロが死んで出棺の時、俺の従兄弟《いとこ》が、

「おばちゃん、何故死んだーッ」

と泣き叫んだ時、俺は腹が立った！

〝テメエッ！このヤローッ、息子の俺が泣いてねェのに、俺を差しおいてズーズーしくキャーキャー泣きやがって、静かにしろッ〟と叫びたいぐらいだった。

俺は、これと似たような気持をこのお通夜の日に体験した。それは四階で読経《どきょう》が始まった時にある弔問客を案内して四階に上がり、ヒョッと見たら入口近くに円楽、円窓、円弥が三人並んでて三人ともメソメソ泣いていた。もうまるで泣き合戦！三人共本当に泣いていたのかも知れない。だがそんなことは関係ない。こういうのを見ると腹が立つ。

〝何だ！お前らオカマの腐ったような顔をしてメソメソ泣きやがって。一番泣きたいはずの夫人だってジィッとこらえてるっていうのに、テメエらキンタマついてるのカッ！〟

と怒鳴りたくなった。さりげなくポロッと流し、さりげなくサッと拭く男の涙はまだいい。一柳のように、泣くだけの理由があるのなら別だ。そうでなく葬式でメソメ

ソして泣く男の涙は、生理的に不快だ。これは、理屈ではどうにもならない。とにかく人前で平然と泣ける男が嫌いなのだ。俺は、この辺だけ妙に古い部分を持っているのかも知れない。

この日、マンションの表にはテントが立てられ、その下に折り畳み式のテーブルが五つ、六つ置かれ、そこで帰りに渡された弁当、日本酒を飲み喰いしてもらうという訳だが、実際弁当を拡げて食べる人はほとんどいず、もっぱら休息所みたいになっていた。

そしてマンションの入口脇には受付が並んだが、どうも弔問客の中でやはりというべきか、落語家の数が少ないのは残念だった。特に芸術協会の会員は極端に少ない。やはり三遊協会を快く思ってないようだった。落語界の中で円生の地位なら、もっと大勢来て当然なのだ。

そんな中で円生のケンカの友、正蔵が顔を出したのは、さすがに律義だ。しかもお供にあの照蔵を従えてやって来た。帰り際に、

「円生さんもあんな事件さえ起こさなきゃァいい人だったけどねェーッ」

と言った後で俺達弟子を見渡して、

「いいかァい、心配しなくたァってチャンと戻れるようにしてあげェるゥからァーッ」

と声を震わせて喋りながら意気揚々と引き揚げて行った。

それからふとテントの方を見ると、去年まで二十年近く師匠の指圧をしていた清水がいたので、

「どうも、今日はありがとうございます！」

「アッ、どうも。イヤ、これはやっぱり急にハリにかえたのがいけなかったんです。師匠も私の指圧を続けていればまだ生きてましたねェ。残念です！」

いや、凄い自信だ。なる程円生の死にもいろいろな見方があるもんだ。

このお通夜で何といっても印象に残ったのが、このマンションのお通夜に入ることが出来ずに電信柱の陰で泣いていた一人の女性のことだった。彼女は、円生の十年来の愛人だったが、夫人に顔を知られてる為に電信柱の陰からジィッと円生の冥福を祈るしかなかった。これがこの日の一番の美談ではなかったろうか。可哀そうな気がする。

ただ個人的には、この女は嫌いだった。別に直接どうのこうのということはないが、この女の為には苦労をさせられた。

何年か前に群馬の方へ円生と仕事に行くことになり、マンションから二人で車に乗り込み、百メートルも行かない内に、

「ぬう、お前はもう降りていい！ あたしはあの女性と一緒に行くから」と車を降ろ

された。情けない気持ちだった。その先に例の女が待っていて、乗り込んで群馬へ向かった。

　でも俺は、考えた。もし行く時俺が一緒で帰りに俺がいなかったら夫人にあやしまれる。そう思って円生が帰って来る一時間ぐらい前から夫人に見つからないように気をつけながらマンションの下の方でジィッと待った。

　三月の夜の九時過ぎ、寒かった。でも俺は待ち続けた。それが俺の役目だと思った。

やがて車が止まったので駆けよって、

「お帰りなさい！」

「なんだ、いたのか」と、それしか言わなかった。それでも俺はカバンを持ち、夫人の待つ部屋へ行き、一日中一緒だったという顔をして、

「今日は師匠は、受けましたヨ」

　と平然と嘘《うそ》をついた。それからも何度かそんなことがあったが、そのたびにあんな女の為にと悔しい思いをした。だから俺は、電信柱の陰にいたのは知っていたが、声もかけなかったし、あえて無視した。可哀そうという気持と当然だという気持が半々だった。

協会預かり

一日おいた六日、密葬が行なわれた。この日の喪主は夫人の山崎はな、葬儀委員長は長男の山崎洋一郎、副委員長円楽で結局葬儀委員長にはなれなかった。

それに夫人に何か言われたせいか、二時間の深夜の独演会以後の円楽は、比較的静かだった。お通夜とこの密葬の出席者を合わせてみると結局、芸術協会からの出席者は協会員の四割足らず、落語協会は、十数人の幹部の内欠席者は二、三名、全体の出席率は、七割ぐらいで、この出席率の差が、両協会の円生の死に対する受け取り方の差にそのままつながっているようだ。

十一時半、葬儀はクライマックスを迎えつつあった。

「さァ、皆様ァーッ、最後のお別れでございますぅーッ。お花をーッ摘んで入れて上げて下さァーイッ」

と悲しそうな葬儀社の社員の声が響くと、棺に近寄り花を入れ、
「ワァーッ」と泣きくずれる女達。
「ウ、ウッ」とオエツする男達、その半数近くが泣いていた。
だが俺は、素直になれない。あの葬儀社の声に遺族を泣かせて、次に誰か死んだ時
にまた利用してもらおうという葬儀社戦略を感じ取ってしまう。きっと葬儀社の内部
マニュアルに書いてあるに違いない。
〝泣かして金をとれ！〟とか、〝今最も新しい泣かせのテクニック〟なんて書いてあ
るはずだ。そう考えると、
〝俺は、だまされんぞ！　泣いてなんてやるもんか！〟と、つい身構えてしまう。
この時もそう思って見てた。すると、
「もう、棺を閉めてもよろしいでしょうか！」
と葬儀社社員が念を押すのだ。丁度、丁半博奕《ばくち》でお竜姐《ねえ》さんが、
「よろしゅうござんすか？　よろしゅうござんすネ？」
と、張り終えた客に念を押すのと同じだ。すると客は、もう一度考える。
それと同じだ。すると夫人が、
「アッ、そうだヨ！　お父ちゃんの筆があったから入れよう！　それからメガネ！
アト筆だけじゃなんだから紙と皿も！　そうだ、タバコ入れも」

と次々入れた。俺はきっとこの次あたり、現金の百万円でも入れるかと思って見ていたが入れなかった。考えれば当たり前だ。

「では、いよいよ棺を閉めさせてもらいますぅーッ」の声が流れた。

俺は、この時初めて夫人の涙を見た。

やがて棺は霊柩車《れいきゅうしゃ》に乗せられた。そこで葬儀委員長の洋一郎が、

「エー、本日はァ、お忙しい……」

と、一般参列者に向かって挨拶を始めた。長男洋一郎は、まじめで、早稲田大学を出てある大手企業に勤め、とても芸人の倅《せがれ》とは思えない程気まじめな生活ぶりだった。彼の唯一の欠点は、人前でうまく喋れない！　一度円生の金婚式の時に挨拶をしたことがあるが、しどろもどろで何を言ってるのかよくわからなかった。終わってから円生が、

「噺家の倅が、人前で話が出来ないようじゃしょうがないョ。私は、もう恥ずかしかったョ。もっとケイコをしたらどうだ」

と息子に小言を言ってた程だった。

パチパチパチパチパチ！　挨拶が終わった。今日は、五、六回つかえたけど、よかった。彼は、自分の欠点をよく知っていたので必要最小限のことしか言わなかったのだ。

続いて円楽が挨拶をしたが、洋一郎より上手かった、当たり前だけど。

「今日一番嬉しかったのは、いろんな理由があって離れて行った川柳、それから一柳が、今日の為に駆けつけてくれたことです！　それからやめた全生や、生吉も来てくれました。本当に嬉しく思います！」と泣いた。

この時俺は、

「やめた奴ばかり持ち上げて、じゃ一緒に行った俺達のことはどうなんだッ！　俺なんか無理矢理連れてかれたんだぞッ！」

と腹が立った。

それから火葬場へ行ったが、俺の兄弟弟子は泣き虫が多い。いよいよ釜に遺体を入れる時になって円窓は、壁をドンドン叩いて、「ウウーッ、師匠ーッ」と泣いていた。

俺はあえて言う。焼き場の壁には罪はない。しかし、焼き場の壁を叩いて泣くなんて、泣かせ専門の映画にだってそんな臭いシーンはない。俺は隣にいた梅生に小声で、

「円窓さん、壁を叩いて泣いてるぜ！　臭いねェ！」

と囁いた程だった。

でも彼は、本当に泣いたのだと思う。どんなに環境が変わっても、円窓はその環境に適応して行ったのだ。分裂の時は、円生、円楽の主流派に適応し、成立後は円生側に適応し、そして遂に焼き場にまで適応してしまったのだ。

焼き上がってからも、みんなよく泣いた。円楽は、一柳に、

ろう。

「好ちゃん、一緒に師匠の骨を拾おう！」

と言って二人で泣いた。結局泣かなかったのは、俺と旭生、川柳の三人だけだった

この密葬の日、四時頃から初七日も行ない、七時頃には全てが終わった。この後、俺達五人のメンバーは近くの喫茶店に入った。全員やっとホッとした。円弥が、

「しかし、師匠のヘソクリが百五十万もあったんだって！　随分貯《た》めてたねェ」

「エッ、何です。そのヘソクリって？」

と俺が聞き返すと、横から梅生が、

「アレッ、兄さん、知らないの！　師匠が病院から戻って来たでしょう。その時おカミさんが師匠の部屋の本棚や引き出しを探して、そのヘソクリが合計百五十万以上ですヨ」と言った。

「へェーッ、百五十万ネェ。俺達にくれないかねェ！」

「くれる訳がないでしょう！」

すると円弥が言った。

「おカミさんは、前からヘソクリの場所を知ってたんだねェ」

それに頷いて梅生が、

「でもあのヘソクリを探してる時は、おカミさんの目が違いました」

「本当かい、そりゃ」

今度は俺が、

「しかし丈夫な師匠だったんですけどねェ。だって六月に心電図をとった時は、正常だったんでしょう！」

と言うと、生之助が、

「やっぱり、仕事のしすぎだよ。休みがないんだもん！　仕事に殺されたようなもんだネ。それでね、死ぬ二日程前に師匠が夕方下痢をしてネ。それで夕食も食べずに寝たら、夜中に目が覚めちゃってさァ。お腹がすいてたんだヨ。そこで冷蔵庫を開けて生卵を食べたら吐いちゃったらしいんだヨ」

「フーン、じゃ、その頃から大分体調がおかしかったんだネ！」

そんな話をしてる内に会話が途切れたので、横にいる梅生に聞いた。

「それで、そっちはどうするの？」

「ヘッ、どうするのって？」

「イエ、だから師匠が死んでさァ、どこへ行くつもりなの？」と繰り返して尋ねた。

一応真打になれば師匠に死なれてもどこへも行かなくてもよいし、誰かの身内になってもどちらでもよかった。しかし前座、二ツ目は、必ず誰か新しい師匠につく必要がある。梅生、旭生はまだ二ツ目だったので誰かに仕えなくてはいけなかった。

つまり、円生が死んで三日目にもう身の振り方の相談を俺は持ちかけたのだ。組長の死んだ組員みたいなもんだ。しかし、この辺で内部的にある合意に達しておきたかった。

「エー、それなんですけど、まだあんまり考えてないんですョ」と、梅生は口を濁した。

「でもそろそろ考えておいた方がいいョ！」

と俺が言うと、生之助が、

「梅ちゃんはさァ、元来は円楽さんの弟子だからなァ。その辺難しいよなァ」と言った。

「エー、でも今更戻ってもロクな扱いをされないでしょうし、本当はあまり戻りたくないんですョ」

そこで俺が、

「ウン、これは一生の問題なんだから、元は円楽サンの弟子だったたって今は違うんだから、イヤなものを無理して行かない方がいいョ」

「じゃ、行きたくないですネ。それに志ん朝師匠のトコもいいんですけど、あすこへ行くと古今亭だから名前を変えなくちゃいけないんですョ！　三遊亭梅生という師匠から貰った名前は変えたくないんです！」

「そうなると円窓兄さんか、円弥兄さんだけど、円窓さんのトコは」

「イヤ、アチラはいいです！」

「じゃ、円弥兄さんは？」

「実はあたしもそうさせてもらえればと思っていたんですョ」

そこで円弥に、

「どうですか､兄さん！　彼を一応預かり弟子というか､身内というか､というのは？」

と切り出した。円弥は、頭をボリボリかきながら、

「イヤ、梅生クンがそう言うんなら俺の方はいいョ！　一応表向きには預かり弟子ということにして、まァ身内みたいな形で」

としきりにテレながら言った。

俺は、梅生の隣に先程から黙って座ってた旭生をチラッと見て、

「で、旭さんは、どうするの？」

「ええ、私はもう皆さんの言う通りで」

また始まった。彼と話すと話がわからなくなっちゃう！

「いや、こういうコトは自分の意見が一番大事なんだから」

すると、生之助が聞いた。

「そうだョ、イヤ、別にさァ、円窓クンのトコへ行ったっていいんだョ。こりゃ自分の好きなんだから。円窓クンのトコ？」

「イエ、ですから皆さんの言う通り」

どうも彼の本心がわからない！　すると円弥が静かに諭すように言った。

「あの、旭生クンね。こういうふうにみんなで相談してる時は、チャンと自分の意見を言った方がいいヨ。そうしないと君が何を考えてるかわからないから、後で変に疑ぐられたりするんだヨ！　わかるだろ」

　すると、しばらく下を向いて聞いていた旭生は顔を上げて訴えるように言った。

「イエ、だけど私が何か言うと、必ず上の人から小言を言われるんですョ。それじゃ何も言えないじゃないですか！　だから私は、意見を言わないようにしているんです」

　これを言い終えた時、旭生の目は赤く腫れていた。そうだったのか。あの分裂騒動の最初の日に円生の怒りを買ってから、そういえばあまり自分の意見を言わなくなった。

　それ以後、何かあると必ず、「エエ、私は皆さんの言う通りに」と言ったのだ。旭生は、失敗を恐れて自分の殻に閉じ籠《こ》もってしまったのだ。

　俺はそんなコトに全く気がつかなかったが、考えれば彼にとってあのシクジリは、生き方を変えさせる程、大変な出来事だったのだ。あの分裂騒動が、旭生の心に大きな傷跡を残したのだ。全くあの分裂は無意味な戦いだった。失うものばかりだった。そして最後には円生の命までも奪ってしまったのだ。

　俺は、旭生を誤解していたのだ。そこで、

「いや、旭さんの気持はよくわかった。でもねェ、少なくとも今は旭生さんが何か言っても誰も小言を言うのはいないんだからさァ。どうしても言いたくなければ言わなくてもいいんだけどね」

「じゃ、私も円弥兄さんのトコへ」

と旭生が言った。こうして二人の師匠は決まり、俺と生之助の二人も円弥を盛り上げてまとまって行くことになった。これは最初に考えていた青写真通りだ。円生に死なれ、円楽、円窓を頼らないとなれば、これが一番自然でベターな方法だった。五人は、この結果に納得をして解散した。

だが円楽は、復帰工作でもっと具体的な行動に出てる。

十七日、円楽は、郡山へ円生代演に行き、その帰りに薄皮まんじゅうを持って小さん宅を訪問している。

〝小さんのバカを叩き切る！〟と言った当人が薄皮まんじゅうを持ってヨイショに！

こんな無節操な人、見たコトない。

そしてその時、小さんは、

「頭を下げれば戻してやる！」と言い、
円楽は、

「しばらく考えさせていただきます！」

と言い残して帰ったと伝えられている。だが円楽は、それっ切り再び小さん宅を訪れることはなかった。

それから

十二日、青山葬儀場で告別式が盛大に行なわれ、その後四十九日、百ヵ日と無事に終わった。円楽は、告別式では副葬儀委員長だったが、百ヵ日では、来客に挨拶すらさせてもらえなかった。夫人と円楽の亀裂は、どんどん拡がって行った。

分裂後にあった夫人の円楽に対する激しい不信感、そして死亡の夜の身勝手な円楽の言動、それに立腹して葬儀委員長を円楽にさせない対抗措置、それにふてくされる円楽。何か相談しようと思って夫人が電話すると、「どうぞ勝手に！」と、冷たい返事！それにまた、激怒する夫人、こんな繰り返し。しかし、円楽は不思議な人間だ。自分の都合のいい時は寄って来て、円生や夫人が本当に困った時はソッポを向く病気らしい。病名は、〝困った時知らんプリ心身症〟。

最後は夫人が、

「円楽は、お線香一本上げに来やしない！」

　そして円楽が、

「あの人は、女衒《ぜげん》みたいなもんで耄碌《もうろく》したクソババァだ！」

　というクソババァ発言にまで発展して、一部のマスコミに報道された。

　分裂前から兄弟弟子が円楽から離れ、分裂後は円生が円楽から離れ、円窓が離れ、死亡後は夫人が離れた。結局自分の弟子以外から完全に総スカンを喰ってしまったのだ。この総スカンを喰った事実、どうヒイキ目に見ても、その原因は円楽にあったと言う以外に説明のつけようがない。

　その上頭の下げられない円楽は、全く孤立し、再び弟子と共に全国ドサ廻りの旅を続ける以外に何の方法もなかった。

　そして夫人の、

「円生の名も三遊協会の名も今後誰にも使わせない！」

　の一言で、彼らは〝大日本落語すみれ会〟の名で果てしないドサの旅に出た。

　しかし、その時黙って円楽と行動を共にした彼ら弟子達の胸中はかなり複雑なものがあったろう。物言わぬ円楽の弟子達が、一番悲惨だったんではないだろうか！

　円楽を除く全員は夫人の口利きで落語協会に戻ることになり、昭和五十五年二月一日から寄席に出ることになった。

だが梅生、旭生を円弥の預かり弟子とする計画は、挫折《ざせつ》した。なんと梅生、旭生の二人は、落語協会預かりとなってしまった。

つまり、あの二人の師匠は落語協会なのだ。凄い！　師匠に死なれる心配はなし、史上最強の師匠！　小生は前座なので円弥の弟子になり、円窓の弟子の窓一《そういち》、窓次《そうじ》もそのままの形で復帰し、具体的なペナルティは、円窓が看板を一枚降ろされただけだった。協会預かりというのは、初めあの二人だけだと思っていたらある時、円弥が幹部に、

「円弥クン、君だって協会預かりなんだヨ！」

と言われたことがある。つまり復帰組は、全員協会預かりであるらしい！　だから俺の師匠も落語協会だったのだ。

知らなかった！　それをもし知ってれば、三日に一度ぐらいは協会の事務所へ掃除に行ったのにィ！

それを知った時、やはり俺達は戦争に負けて降伏したんだという苦い現実と、師匠に死なれた弟子の悲哀を感じていた。

俺はかなり物事をリベラルに考える方だが、その逆に物凄く小さなセクト主義者なのだ。俺は落語協会さえよければ、芸協が潰れようが、大阪の芸人が絶滅しようが、そんなことはいっこう平気なんだ。俺は落語協会員であることが誇りだったし、こよなく愛し、落語協会は俺の母なる大地だった。俺は落語協会中心主義者だった。

　しかし、それより強く何よりも増して俺は二百五十年続いた三遊亭の噺家だということに強い誇りを持っていた。俺は、柳家ではない、古今亭でも桂でも林家でもない、落語界を二百五十年、柳家と勢力を二分して来た三遊亭なのだ。三遊でも枝葉ではない三遊本流の円生の流れをくむ噺家だ。たとえ三遊亭にタマタマ入門しようが、俺が新作を志し、高座を這いずり廻ろうが、十三年間叩き込まれた芸は、たとえどんな形にしろ、俺の血となって全身を駆けめぐっているのだ。こんな感じは多分理解出来ないだろう。出来なくても俺は三遊の芸人だ！　俺は、プライドの高い三遊ナショナリストだ。

　極論すれば三遊国粋主義者だ。三遊派は落語が存在し続ける限り、永遠に一方の雄として繁栄を続けねばならない、という固い信念を持っていた。

　だが現実は、旭生、梅生を円弥の預かり弟子にというささやかな願いすら叶えられなかった。理由は、落語界の今までの慣例に、幹部でない真打が預かり弟子をとるということがないということだった。多分それは本当のことだろう。

　しかし俺達の側から見れば、それは戦争孤児を一つにまとめないでバラバラに預けるような、無理矢理五人が引き裂かれるようで悔しかった。

　その一瞬、俺の心にドス黒い怒りを感じた。〝畜生ッ！　見てろ、今に見てろ、俺は偉くなってやる。何十年後かに全く円生と同じように新協会をつくってやる！　三遊派に敵対しようとする者は誰であれ、俺は許せん。今度は失敗をせんぞ。必ず落語協会を完全に叩き潰してやる！　それまでは、ひたすらヒツジの皮を被っていてやる！〟と、俺はこんなふうに考えていた。

だがこれは、逆恨みだ。それは充分わかっている。落語協会の温情に俺は感謝しなくてはならないし、慣例に従って俺達の身の振り方を考えただけだ。

理解できる。頭の中では充分理解出来ても俺は許せない！　三遊派の遺児達をバラバラにしてしまうなんて、三遊国粋主義者の俺がそんなことを許せるかッ！　三遊派は繁栄し続けなければいけないのだ。俺の怒りが、どんなに逆恨みでも全く理不尽な理屈に合わないコトでも、そんなこと関係あるかッ！　俺は三遊国粋主義者なのだ。たとえどんなことがあろうと、三遊の繁栄を少しでも邪魔する奴は俺の敵なのだ。

この時俺は、あんなに好きだった落語協会に対する忠誠心と愛情を失ったのだ。他人から見ればとるに足らないチッポケな、ただそれだけの理由で！　俺は落語協会に戻る時に呟《つぶや》いた。

〝さようなら落語協会！〟

三遊国粋主義者の俺から見れば、円生も円楽も円窓もみんな大バカヤローだ！

第一、円楽など所詮、先代円歌に弟子入りを断られ、円生の所に来た枝葉の奴だし、円窓は、先代柳枝《りゅうし》に死なれてやって来た預かり弟子だ。俺は違う。先代柳家つばめを知人から紹介され、その弟子入りを断って円生に入門した、三遊本流で純粋培養された子飼いの弟子なのだ。

お前らなどに、三遊本流を潰された俺の悔しさがわかってたまるか。円生は、三遊国粋主義者の俺の意見を聞いておればよかったのだ。

落語界百年の計の為という前に何故、三遊派の勢力温存を計らなかったのだ。しかも戦いに負けた時に、たとえ土下座して地面に顔をこすりつけ泥水をすすろうと、三遊本流二百五十年の為に戻らなければならなかった。

それが自分の面子の為に頭を下げられず、弟子をバラバラにし、三遊本流二百五十年の流れを止めて、自分勝手に死んでった。

我が師六代目円生を絶対に許さん！　三遊亭は、六代目円生の為にだけあるんじゃない。円生は全部で六人いた！　その六人目の円生は、自分勝手に潰してしまって他の五人の円生にどう申し訳が立つんだ。そして三遊本流の不世出の名人、落語界中興の祖、円朝《えんちょう》に顔向けが出来るのか！

円生は三遊本流の総帥《そうすい》なのだ。いつも三遊派の繁栄を考えて、先を読み、次の世代に円生を継承して行かねばならない。

その立場にある円生は、俺達を惨めな戦争孤児にしてしまい、落語協会に戻る弟子達は、三遊難民なのだ。いくら円楽、談志にそそのかされたとはいえ、六代目円生を三遊国粋主義者の俺は、絶対許さん。

だが復帰するに当たり俺は、この三遊国粋主義を捨てるしかなかった。かつて繁栄を続けて来た三遊本流は、もう過去の夢なのだ。そして三遊派の俺達が戴くべき七代目円生は、永久に現われないのだ。それに円弥を中心として小さな枝葉にすらなれなかった。

今の俺は、反逆者円生の弟子という烙印を押された一人の惨めな戦争孤児だ。それが落語協会に拾われて協会預かりという、難民キャンプに収容された孤独な孤児《みなしご》だ。我が愛する祖国三遊本流は、戦争で滅亡してしまった。一体俺が何をしたというのだ。俺の何処《どこ》がいけないというのだ。俺の祖国は、何故なくなってしまったのだ。あんなに愛した三遊祖国は何処へ消えてしまったのだ。俺は祖国三遊が欲しい。俺の祖国を返せッ。

バカヤロ――――ッ！

円生のバカヤロ――――ッ！

だから、だから俺は円生を許せないのだ。こうして協会預かりという難民キャンプに収容された時、俺は三遊本流だという誇りは自分の足で踏み潰してやった。もう全て終わったのだ。

祖国をなくし、どこの流派の序列にも属さない、俺ははぐれ鳥になってしまった。これからは俺をかばってくれる者も俺を引き立ててくれる人もいない。自分一人で生きていかなくてはいけない。誰も助けてくれないのだ。

全く心細かった。俺は自分の高座を認めさせ、這いずり上がって行く以外に浮かび上がる方法はなかった。

そこで俺は、新作一本に賭けようと決心した。円生は俺に、「新作は程々に！」と言ったが、俺は全く逆の選択をしたのだ。別にわざと逆らった訳じゃない。入門の時、新作をやりたいと思って噺家になった。だから自分の一番好きなことをやってダメならあきらめもつく！　別に勝算があった訳ではない。後に悔いを残さない為なのだ。

二月一日、俺は二年振りに池袋演芸場の高座に立った。楽屋のみんなは、俺のことを暖かく迎えてくれた。

そして高座に上がり〝パニックイン落語界'80〟をやった。ウケた。ウケた。バカウケした。俺は自分の新作がこんなにウケるとは思わなかった。

あんなに変わらないと思っていた時代の流れは、知らない内にヒタヒタと押し寄せ、もうすぐそこまで来ていた。そしてその時の流れが俺の方に向かっているのを感じた。

俺は高座を降り、急いで着換えると夜の巷《ちまた》に飛び出していた。あんなにウケたのに俺はチッとも嬉しくない。淋しかった。とにかく淋しかった。とうとう俺は一人ぼっちになってしまったんだなァとシミジミと孤独感を味わっていた。

文庫版あとがきに代えて「それから…」

〈それから…〉

『御乱心』を出して三十年以上が過ぎた。発売当初は爆発的に売れ、十六万部までいって、立川談春《たてかわだんしゅん》の『赤めだか』に部数を抜かれるまでは、落語本の中では一位だった。

あの『御乱心』が出てドーンと売れた時、円丈は足立区に「御乱心御殿」を建てたとか言われたが、冗談言っちゃいけない。あの家は『御乱心』の前に建てたんだ。

そりゃ本は確かに良く売れた。しかし失ったモノもまた遥《はる》かに大きい。それまで例えば年に三〜四回ほど『笑点』に出てたのが、それから四十年間ゼロ！　すごいギャップだ。更にマスコミ関係の露出度もガクッと減り、それがほとんどどこも使わなくなった。とにかく、この忖度《そんたく》する日本では、暴露本は、自爆本なのだ。円丈はあれで「御乱心自爆」してしまったような気がする。

〈それから…〉

『御乱心』を出した時は大騒ぎになった。

あの時は、主だった噺家《はなしか》、関係者の全てに本を送った。私は、本を出したらそこに書いた人物には必ず本を献呈している。

なぜか？　内容的に良く書いてないモノになればなるほど、人づてに聞いた時は怒るものだ。だから悪く書いた時ほど、きちんと当人に送らなきゃいけない。だからどんな本も全て本人に献呈することにしている。

〈それから…〉

気の毒だったのが、弟子のらん丈。彼は、円丈の一番弟子。前座名が、丈々寺《じょじょじ》だった！　前座から二ツ目昇進する時に『御乱心』の宣伝も兼ねて、『御乱心』の「乱」と円丈の「丈」をとって、「乱丈《らんじょう》」に改名したが、高座で大暴れして大活躍するかと思ったらパッとしなかった？　そこで十年後、真打昇進の時は、乱れる「乱丈」では名前負けしてるので、漢字を平仮名にかえて「らん丈」にした。やはり、やはり、このらん丈は、当たった。らん丈は、噺家を続けながら町田市議会議員を四期連続当選中だ。いや、よかった。よかった。

〈それから…〉

なんといっても『御乱心』を献呈して一番喜んだのは、先代の小さん師だった。

「この本は面白い、ホントにおもしろい！」と絶賛し通しだった。

そこで「師匠、どの辺がおもしろかったですか？」と聞いたら「うん、俺のことが、書いてあるから面白い！　ホラ、ここにもここにも書いてある。アハッハハ……おもしろい」

このストレートさ、単純明快さ、だから小さん師には周りに人が自然に集まって来て、運も上昇する。

この小さん師は、若い頃から大日如来《だいにちにょらい》を信仰していて、小さなお守り袋に入れ、如来像を首から下げ、肌身離さずいつも掛けていた。

戦争で日本が負け、小さん師が捕虜になった時、小さんは、自分が信心していた大日如来を取り上げられたら大変だ、捕虜になったらアメリカ軍に取り上げられてしまうと、その大日如来像をゴクンと飲み込んでしまった。なんとあの小さん師の体の中には大日如来が入っていた。つまり小さんは、大日如来と一体化してしまったのだ。

円生が三遊協会なんか作ったって、運の強さで小さんに勝てる訳がない。なにしろ小さんには、大日如来が付いてるんだから。日本人の中で大日如来を飲み込んだ人って何人いると思う？　二人か三人だよ。それも知らずに小さんと戦った円生は、運がない。ここにこそ、小さん、円生の決定的な差があるのだ。

〈それから…〉

当然、円楽師にも『御乱心』を送った。この話は有名だ。円楽は、献呈した『御乱心』を自宅で読んでるうちに怒りがこみ上げ、「ふざけるな」と本をビリビリ破って、クズカゴに投げ捨ててしまったという。

しかししばらくして、やはり気になって、クズカゴからそっと拾いだして破いた『御乱心』を再び読み始め、そしてしばらくして「いい加減にしろ、ビリバリボリボリ！」とまた破り捨てたということだ。この話はおもしろいが、しかし、たった一人読んでいた円楽師を誰が見ていたのか？　大きな謎が残る。

〈それから…〉

兄弟子円窓兄にも送った。正直、一番書き過ぎたかなと思っているほどだ。だから本を送ったが、何を言われてもある程度は覚悟してた。

しかし、しかし、しかし、『御乱心』を送って最初に会った時の言葉、意外過ぎるほど意外な言葉だった。円窓兄の言った言葉、「なぜ、あんな本を送って来たんだ」と一言言っただけ！　じゃ、送らなきゃよかったのか？　私はこの一言でますます円窓という人がわからなくなった。円窓！　やはり謎の人だ。わからない。

〈それから…〉

そして志ん朝師とは、亡くなるまで随分会ったが、以前は、いつも笑いながら「ぬうちゃん元気!」と言っていた志ん朝は、あまりしゃべらない、静かな人になっていた。

志ん朝は、分裂騒動で、三遊協会に行ったことを悔やんでいたのではと思った。三遊協会のことは、死ぬまで一言も話さなかった。多分、あの事件は思い出したくないコトだったんだろうと思う。

〈それから…〉

受章記念パーティの最後の円楽師。

円楽師とはあれ以来、仕事で会うことは一切なくなって、お寺の法事で会って「ご苦労様です」と挨拶をすると「ハイ、ごくろうさん」という返事だけちゃんと返って来た。

亡くなる二年前、円楽師より、旭日小綬章受章《きょくじつしょうじゅしょう》パーティの招待状が、円丈に届いた。一瞬、これは何かの罠《わな》ではと思った。円丈は、芸人の癖に晴れやかなパーティが大嫌いだ。しかし、もしかして天敵みたいな円丈に招待状が届くということは、当然、円楽師もそれを知っての上で招待状を出したんだろう。

もしかしたら、最後、兄弟弟子と和解をしたがっているのではないだろうか。よし、このパーティにはぜひとも出席をして、この目で確かめてやろうと出席することにした。この日の受章記念パーティは、三〜四百人ぐらい来ていたんだろうか？　大勢の招待客に円楽さんが、それはにこやかな顔で一人一人に丁寧に挨拶をしていた。だんだん列が円楽さんに近づいていく。

円楽さんのうれしそうな顔を見て、これは和解をしたがっているんだと確信をした。笑顔でお祝いを言って、もし相手も笑顔だったら、ニッコリ笑って円楽師と握手でもしようかと思っていた。

円楽師のにこやかな顔の前にきた。とにかくどんな顔をするのか一瞬も目を離さないようにして、笑顔で「この度はおめでとうございます」と言うと、円楽が目をカッと見開いて、「てめえ、何しに来やがった？」という顔をした。まるで歌舞伎のにらみのような顔だった。

そこで円丈も「あんたが、招待状をよこしたから来たんだ！」という顔で睨《にら》み返した。しかし、もしかしたら円楽師は、円丈を見て、思わず「こいつにだけは会いたくなかった」という顔をしたのかもしれない。

円丈に対する恨みは、それほど強いものだったのだろう。しかし、あの時の円楽師の目玉、ホントにすごかった。

〈それから…〉

小遊三《こゆうざ》くんがなぜラストの鼎談《ていだん》に出てくるのと思われそうだが、実は彼は円丈が前座のぬう生の頃、明治の学生で、円生の弟子入り志願で、稽古をしに通ってきていた。足掛け二年、月に一、二度、稽古に通ってきて、噺も円生から二、三本教わった頃、もうこれは、いつ弟子に取るのかという感じだった。ところがある日、彼が来たら、師匠が私に「あのね。彼は、弟子にしないから断ってきとくれ！　うちは今、二人も前座がいるんで取らないから……」

「えっ、取らない？」

「だからお前が行って断ってきておくれ」

「えっ、私がですか？」

師匠は都合の悪い時はすぐ弟子にやらせる。それで、「二人もいるから、取れない？そんなこと最初からわかってるはずじゃ……」と思ったけど、師匠には言えないから、小遊三くんには「今は、弟子は取らないんだって」と伝えた。

その時のガッカリした後ろ姿、そのまま自殺でもしそうな雰囲気だった。「とにかく元気を出して……」と励まして、彼の住所は聞いていたから、それからスグに手紙を書いて、「噺家になる夢をあきらめないで。円生は落語協会の会長で、もう落語協会に入るのは無理だから、もうひとつある芸術協会に行って、古典落語をやりたかったら古典落語の得意な若手真打に弟子入りするのがいいんじゃないか?」決して夢はあきらめるなと励ましの手紙を出した。

……そしてそれから二年、なんと彼は、芸術協会の三遊亭遊三《ゆうざ》師の弟子で遊吉《ゆうきち》という噺家になっていた。

しかし、もし小遊三くんが、仮に円生に入門していたら、一体どんな噺家人生を歩んだのか? もしかして分裂の時、川柳《せんりゅう》さんと一緒に行動して、川柳《かわやなぎ》小川柳なんて名前になっていたかもしれないし、結果、今の小遊三で、グッドな選択だったような気がする。

〈それから…〉

分裂騒動から四十年経つと、関係者もほとんどいなくなった。弟弟子で、『御乱心』のデータ収集をしてくれた四才年下の円好《えんこう》くんも十年ほど前に亡くなった。彼はズ～ッと田端《たばた》の木造アパートに住んでいた。それが、お父さんが亡くなり、その遺産が入り、都内に分譲マンションを買って入居をした。いや、良かった、良かったと思ったら、なんと、入居一、二年で、孤独死してしまった。合掌! そこで昔の仲間が集まって、「円好君を偲《しの》ぶ会」を催した。

〈それから…〉

そういえば、昔の兄弟子・川柳さん。そう、昔は呑《の》んで酔っぱらって、ラッパ吹く真似をしていた。ただの酔っぱらい、円丈の元兄弟子川柳川柳！　今、八十八才になって、実は、まだまだ元気！　昔は毎日、酔っぱらっていたけど、今は飲むのも四、五日に一度、なんとあの川柳さんが節制してる。スゴイ。そればかりじゃない、毎日、カンペの確認をして、ネタをさらっているのだ。

ただ持ちネタの『ガーコン』は、以前は立ってやる「立ちガーコン」だったが、最近は立ってやる体力がなくなったので、この頃は「坐《すわ》りガーコン」になった。そのうちに「寝ガーコン」になるんじゃないか。八十八才になっても、落語の稽古を忘れない。もう生きた落語家の鏡のような師匠になっちゃった。

〈それから…〉

あの師匠や、おかみさんから恩知らず義理知らずと罵られるというのは、本当につらいものだ。あの時の師匠夫婦の罵りは、今も忘れない。あれはパワハラなんてものではない。こういう時、弟子はもうただ耐えるだけだ。ぼそっと反論するのがせいぜいだ。もし口答えなんてしたら、即破門というコトになるだけ。耐えて忍んで、最後は、土下座してあやまるだけだ。

反論できない立場で、師匠やおかみさんに罵られる時、心が死ぬかと思った。師匠夫婦から、恩知らず義理知らずと数百回言われた。

その時、師匠、おかみさんに両手をついてひれ伏して、

「わたしが考え違いをしておりました」と謝った。

しかし、その時は気がつかなかったが、あの時私は「円生」という言葉を聞いた途端にあの恩知らず義理知らずが蘇《よみがえ》る、「円生恐怖症」になってしまった。

例えば、誰かと話をしてる時、「いや、円生師匠の『百年目』よかったですねえ」と言われた瞬間、あの恩知らず、義理知らずの円生が蘇り、とにかく円生を思い出したくない、その話は聞きたくないという思いでいっぱいになって、「円生」のことを聞かなかったことにして、「ところで最近、何か面白い映画でも見ました？」と全く話題を変えてしまう。自分の心の中に師匠を封じ込めてしまうようになったのだ。

円生恐怖症から抜け出すのに、十年はかかった。ようやくそこから抜け出せたのは、『御乱心』を書いたからだ。


〈それから…〉

あの頃『御乱心』をどうしても書きたくなって、そこでもう一度、円生をいろんな

方向から見直した。円生の長所、欠点を洗いざらい、見つめ直し、円生再評価をした。長所欠点は誰でもあるものだ。長所は長所、短所は短所で、いい点も悪い点もすべて円生として認めたら、普通の人間としての円生が見えてきた。ややずるいようなとこも、少し責任逃れをするようなとこも全部円生で、円生の全てを円生として肯定して、すべてが大好きになった。

悪いとこもすべて好きになった。そして円生恐怖症が消えた。

最近思うのは、円生恐怖症を治すために『御乱心』を書いたような気がする。円生や、三遊亭や、円楽、全てを一度否定することが必要だったのだと思う。『御乱心』は、円丈の心の薬だったのだ。

心が治り、円丈は、三遊亭が大好きで、今も円生を尊敬している。正しく評価できる。入門したことを誇りに思っている。

チョッと待て！　それじゃきれいすぎやしないか？　そうかもしれない。確かにきれいごと過ぎる。でもこれはもうサゲなんだ。

なぜ円丈が『御乱心』を書いたのか？　それはもう一度、三遊亭と円生に脚光を浴びさせたかったからなのだ。どうだこのサゲで落ちるか？

落ちねえな。もう一度、落語の修行のし直しだ。

〈御乱心〉三遊鼎談

三遊亭円丈×三遊亭円楽×三遊亭小遊三

小遊三

円楽

円丈

進行役

夢月亭清麿

写真／若林太郎

三遊亭円丈 さんゆうてい えんじょう　落語協会所属。

1964年、６代目三遊亭円生に入門。前座名「ぬう生」。1969年、二ツ目昇進。1978年３月、真打昇進と同時に「円丈」襲名。直後に落語協会分裂騒動が起こる（当時33歳）。寄席に出られない状況下、同年７月、渋谷ジァン・ジァンで「実験落語」を開始し、新作落語に革命的進化をもたらす。円生急逝による落語三遊協会解散後、1980年２月に落語協会へ復帰。1986年、一門内での分裂騒動の一部始終を赤裸々に描出した『御乱心』を出版した。

三遊亭円楽 さんゆうてい えんらく　円楽一門会所属。落語芸術協会所属（客員）。

1970年、青山学院大学在学中に５代目三遊亭円楽に入門。前座名は円生命名の「楽太郎」。1976年、二ツ目昇進。1977年、日本テレビ『笑点』の大喜利メンバーに加入。落語協会分裂騒動時（28歳）には、師匠円楽とともに脱会、落語三遊協会に所属。三遊協会解散後も落語協会には戻らず、現在に至る。1981年、真打昇進。2010年、６代目円楽を襲名。2007年から協会・団体の枠を超えた「博多・天神落語まつり」のプロデュースを手掛け、2014年からは「三遊ゆきどけの会」を円丈と合同開催。2017年、客員として落語芸術協会に加入。

三遊亭小遊三 さんゆうてい こゆうざ　落語芸術協会所属。

明治大学在学中に６代目三遊亭円生への弟子入りを志願、円生宅に稽古に通うも、「これ以上弟子は取れない」と、弟子・ぬう生（円丈）を通じて入門を断られる。大学同窓の縁もあり気の毒に思ったぬう生から、円生が会長を務める落語協会ではなく、落語芸術協会へ行くようアドバイスを送られ、1968年、３代目三遊亭遊三に入門。前座名「遊吉」。1973年、二ツ目昇進と同時に「小遊三」に改名。落語協会での騒動時は31歳。1983年３月、真打昇進。同年10月より『笑点』大喜利メンバーに加入。2005年、落語芸術協会副会長就任。

夢月亭清麿 むげつてい きよまろ　落語協会所属。

1973年 、新作落語で知られた５代目柳家つばめに入門。前座名「柳家雪之丞」。1974年、師匠つばめの死去に伴い、大師匠（師匠の師）５代目柳家小さん門下へ移籍。1978年３月、二ツ目昇進と同時に夢月亭歌麿に改名。直後に落語協会分裂騒動が起こる（当時28歳）。落語協会会長だった小さん門下ながら、円生門下である円丈の「実験落語」に右腕として参加。1989年、真打に昇進し清麿に改名。高座では主に新作落語を演じている。早大卒の理論家ぶりを発揮して分裂騒動を読み解く「評論の歌麿大先生」として『御乱心』にも登場。

負け戦にも歴史あり。それぞれの分裂騒動

清麿　『御乱心』がこのたび『師匠、御乱心！』のタイトルで文庫化されるということで、この本に書かれた騒動のことを改めて振り返ってみようかと。

円丈　まあ、あんまりマジになって話すとどんな乱闘が起きるかわからないから、気をつけて（笑）。

小遊三　どういう騒動だったかはこの本を読めば、おおむねわかるからね。

清麿　ただ、それも人によって変わると思うんですよ。円丈アニさんと、例えば小さんの弟子《でし》の僕とでは、見せられた部分が違うわけですから、騒動の見え方も、捉え方も違ってくる。

円楽　そうだよね。記憶っていうのもその人の主観だし、極端なことを言えば、歴史も主観でできてるわけだから。負け戦《いくさ》をした側にも主観はある。会津《あいづ》には会津の立場があるし、長州には長州の立場があんだもん。まあ、いまは薩長《さっちょう》同盟だからいいじゃない（笑）。

清麿　小遊三アニさんはどうだったんですか、芸術協会のお立場としては。

小遊三　芸協にとっては対岸の火事だったんだよ、最初はね。ところが、寄席《よせ》三分割って話になって、「え、そりゃあねえだろう」と。

円丈　一番怒ったよね、芸協が。だって、今まで落語協会と二分の一ずつ、交替で寄席を回してたのに、落語協会を割って三つで回そうっていうんだから。二分の一が三分の一になれば明らかに出番が減っちゃうわけで。

小遊三　それはもう死活問題。そんなことになったら困るって、当時、うちの幹部は動いたでしょうね、お席亭に。確たる証拠はないけど、たぶん。

清麿　僕の知る限り、その三分割構想の言い出しっぺは談志師匠なんですよ。ただ、その時に円生師匠を担ぎ出そうとか、こんな騒動になるというのは考えてなかったんじゃないでしょうか。「これ、名案だろう」っていうぐらいで。結局、お席亭の裁量で、実現には至りませんでしたけどね。

円楽　それで、落語協会を飛び出した俺たちは寄席に出られなくなったわけだけど、それより俺が一番いやだったのは、協会の連中がすごくちっちゃな了見でこっちを見てたこと。別に俺たちは協会を敵対視してるわけじゃないし、寄席に出なくても稼げてたし、地方ばっかり回ってたけど、落語を流布してるって自負もあった。それを、いつまでもいつまでも、グズグズグズグズ。ホール落語がいけねえだ何だって難癖つけて。それで、うちの師匠が意地になって、寄席「若竹《わかたけ》」をつくったら、あそこには出ちゃいけねえってんだから。

清麿　「若竹」には出るなというのが、協会の決め事になったんですよね。

円楽　そう。寄席で落語ができなくなるって言ってみんな協会に戻ったのに、寄席をつくって門戸開放したら、円楽がつくったから出るなって。俺、そこがものすごく疑問で、みんなの前で志ん朝師匠を問い質《ただ》したこともあるくらい。

小遊三　みんなの前で、ってところが〝腹黒い〟よね。

円楽　協会の中には何だかんだ言う奴がいまだにいるんだよ、少しだけだけど。あれはもう、すべて過去の話なのに。

円丈　だから、そもそも三遊協会なんて、あんなことやっちゃいけなかったわけよ（机をたたく）！　あれさえなかったら、三遊亭は今でも（落語協会内で）勢力を保ってたはずなんだから。柳家と三遊亭の、昔ながらの二大潮流で行けたわけよ。ところが、全員で飛び出して、三遊亭の城を明け渡しちゃった。あれはもう、どんなに恥をかいても戻るべきだったんだよ。君だって、ほんとは落語協会の寄席に出たいわけでしょ、でも出られないじゃない、現実に。

円楽　いや、うん。だから、芸協に行ったじゃん（二〇一七年に「客員」として落語芸術協会加入）。

円丈　芸協へは行ったけど、落語協会には戻れないわけよ。それに、ひとりだけなら何とかなっても、四、五十人いる全部を引き受けるとなると、ものすごいリスクを感じるから、話が出てもそのたびにポシャッちゃう。

円楽　だから、いつも言ってるけど、全部一緒になっちゃえばいいんだって。
円丈　それ、俺たちにとってほんとにプラス？
円楽　んー、わかんないけど。変な枠は壊した方がいいよ。
小遊三　結局、落語家っていうのは個人個人の商売だからね。まとまるのは難しい。所帯が大きくなれば、何かの口実で、すぐにドンパチ始まっちゃう。

三遊亭じゃなきゃダメなんだ

円丈　ただね、僕は、円楽師匠が偉いと思ったことがひとつだけあるの。円楽さんは事を起こす一週間ぐらい前に自分の弟子を集めて、「こういうことになったけど、俺についてきてくれ」って言ったんでしょ。それがまず根底にないと。うちの師匠は、僕の披露目《ひろめ》に五十日間全部口上についてくれていながら、その円丈に、事件が始まるまで、「ついてこい」とは一言も言ってくれなかった。言ってくれたら、ついてくっつうの。それを言わないいんだから。
円楽　結局、三遊協会が崩壊して、残ったのはうちだけだったからね。五代目円楽一門だけ。その時、うちの師匠が言ったのは、「少ねえほうが目立つんだよ」って。まあ、少なくなった時点での後付けの理論だとは思うけど。「だってお前、考えてごらん。歴史を書く時に、当時、落語協会は会長の小さん以下、馬生、正蔵。で、脱退した円生のもとに残った円楽一門は、『円楽や楽太郎』ってお前の名前が出るんだから」って（笑）。
清麿　すごい説得力。
円楽　そうなんだよ。すごい説得力なんだよ。思わず、ありがとうございますって言っちゃった、何がありがたいんだか、わかんないけど。
小遊三　多いと「ら」になっちゃうからね。「など」とか。
円丈　そう。「ら」は悲しいんだよ。
円楽　俺がこの騒動でうちの師匠を擁護できるのは、「二師にまみえず」で、最後までついてったこと。騒動はいろいろあったけど、そこだけは大したもんだなと思う。まあ、寄席がなくても自力で食えたからなんだろうけどね。
円丈　僕もね、ここに書いたように、師匠とおかみさんからさんざん罵倒《ばとう》された挙句、「師匠についてまいります」って言ったんだけど、あれはあれでよかったと思ってる。あれを言わなかったら、僕も今ごろ「川柳《かわやなぎ》円丈」になってたわけで。川柳じゃ、なんにも言えないわけよ。三遊亭をどうにかしたいと思うなら、とにかくまず自分自身が三遊亭じゃなきゃだめなんだよ。

「あたしゃプロでゲス」——最後まで昇りつめた最高の噺家人生

円楽　協会を脱退してから、三遊亭（円生）が亡くなるまで一年ちょっと。その間、地方へ行くにもどこへ行くにも、ずっとくっついて歩いてたんだけど、あの一年はすごくよかったと思う。
円丈　俺は全然よくなかったよ（笑）。
清麿　あの頃の円生師匠は、今までの中で一番の最盛期に入ったんじゃないかとも言われてましたからね。僕もホール落語で、二、三回くらいしか聞かなかったんですけど、何か神がかってて、すごかった。
円楽　うんうん、ギアは上がってたよ。仙台に行った時は、『やかん』でハネたの。もうバカ受けなの。それで、楽屋へ帰ってきたら機嫌がいいのなんの。普通だったら「いけません」って渋面してるのに、「『やかん』で受けさして、満足させて帰す、あたしゃプロでゲスね」っつったもんね（笑）。
円丈　最後の最後になって、うちの師匠の芸は、こうふーっと力が抜けたんだよね。その瞬間、『ガマの油』とか、今まであまり受けなかった話が、パアっと受けるようになった。
円楽　そうそうそう。

小遊三　ちょうどその頃なんだけど、六本木で談志師匠の後をくっついて歩いてたら、俳優座で円生師匠が独演会やってたの。で、何人かで後ろからそーっと入って、立ち見で聴いてたんだけど、演《や》ってたのは『死神』で、最後に談志師匠が「やっぱ、うめえなっ！」って。

円丈　だから、芸人・円生はあれでよかったんだよね。自分が遊んでる時に、凄《すご》い芸を見せられて、思わず唸《うな》っちゃった。最高に昇りつめて死んだんだから。

円楽　うん。ひとりの芸人としては最後まで気持ちよく過ごしたと思う。まあ、一番の大元締めとしてはアレだったけど。最後まで昇り続けるなんてふつうできないからね。

小遊三　そんな人いないよね。それを、昇りつめちゃうんだから。

円丈　ああいう、どっから見ても噺家《はなしか》にしか見えない、着物を着て座ってるだけで絵になる人は、もういなくなっちゃったね。

円楽　何でもできてね。すごい自信家で。だから、分裂騒動の時も、芸がある者にみんなついてくるだろうという腹があったんでしょう。

清麿　僕なんか、正直、怖かったですよ。楽屋に円生師匠が入ってくるだけで、そこにいる全員がピリピリしてましたもん。

円楽　俺はほら、孫弟子だからただただ可愛がってもらった。

清麿　小遊三アニさんは入門前に円生師匠のところに通われてたんでしょ？

小遊三　十回くらいは稽古をつけてもらったかなあ。東宝の前座の時に、円生師匠がトリで、一回だけ楽屋で一緒になったことがあったけど、こっちは知らん顔してた（笑）。

円丈　うちの師匠は覚えてたのかね？

小遊三　いやあ、どうですかね。

円丈　うちの師匠、稽古してる奴の顔見てないからね。

小遊三　アニさんが『真田小僧《さなだこぞう》』やってるときは、爪切ってましたよ。

円丈　そう、爪切ってるの（笑）。顔見ないんだよ。

小遊三　それで、最後に一言、上目遣いでね、「おまえさん、稽古をしてませんね」って。

初めてエロ本を読んだような『御乱心』の衝撃

清麿　最初に『御乱心』が出た時、どう思われました？

小遊三　それはもう、初めてエロ本を読んだようなもんですよ。おおっぴらには読めないし、見てはいけないものを見ているようでドキドキするし。当時、僕はもう『笑点』メンバーに入ってて、（先代の）円楽師匠がトップだったから、「おもしれえな」と思っても、言えないですよ、そりゃあ。

清麿 本を出すって聞いた時、僕はやめたほうがいいんじゃないかと思ったんですけど、手に取ってみて、まさかここまで書いてあると思わなくて、あたふたしました。でも、あの時代の裏面史を、きちんと伝えてくれるものがようやく出てきたという実感はありましたね。

小遊三 腹を全部見せる覚悟がなきゃ、これだけのものは書けませんよ。ただ、普通の常識から考えると、やっぱり度が過ぎるわね、これは（笑）。

清麿 芸協の方たちもけっこう読まれてたんでしょうか。

小遊三 読んでたと思いますよ。でも大っぴらには言えませんよ。だって、内容が内容だもん。「円丈アニさん、大丈夫かい、こんな本出して」ってみんな思ってたんじゃないですか。

清麿 たしかに。僕も最初読んだ時、そう思いましたから。

円丈 そうなんだよ、この本を出すことが、僕にとってどんだけマイナスになったか。今もなおマイナスで、文庫を出すとさらにマイナス。

清麿 それにしても、円楽党ではこの内容について何か反論しようというような動きはなかったんですか？

円楽 いやあ、だって、読んでないもん（笑）。俺はまだ下っ端《ぱ》だったから、献本もされてないし。ちゃんと手にしたの、今が初めて。

円丈　本が出た時、先代の円楽師匠には献呈したんだけどね。

円楽　破ったか、燃やしたか（笑）。うちの師匠のことを悪く書いてあるって聞いてたから、読めばきっと不愉快になると思って俺は読まなかった。何が書いてあっても、それは人の意見だし、読まなきゃ知らずにすむわけだから。ちゃんと読んでれば、何か言ったかもね。

小遊三　言ったろうね。

円楽　まえがきに、ここに書かれている九十五％は事実だってあるけど、これもそっちからの事実だから、こっちから見るとまた別の事実があるかもしれないよね。そこはちゃんと言っておきたい。

清麿　出来事は多面体ですからね。はじめに言ったように、人によって見え方、捉え方は変わりますから。

円楽　でもさ、うちの大将が何にも言わなかったのはおもしろいよね。この本のあと、アニさんが大将と会ったのは、大将が勲章をもらった（二〇〇七年・旭日小綬章《きょくじつしょうじゅしょう》受章）叙勲パーティの時だけでしょ。アニさんが入口で「どうもおめでとうございました」って言ったら、ギョッとしてたって。

円丈　僕は、円楽師匠が和解したくて、うちに案内状が来たんだと思ったの。

円楽　いや、叙勲パーティとお別れの会は、全部俺が仕切って、全員に出した。

円丈　だから本人は「何しに来やがった」って顔するし、俺も「何しに来やがったはねえだろ、このやろう」って、そういう目で見つめ返したんだよ。
円楽　でも、それこそアニさんが献本してくれた本（『落語家の通信簿』）を俺が読んで、「アニさん、ここ違うんじゃないの」って電話をしたことから、「三遊ゆきどけの会」が始まったわけじゃない。俺はあれで一門の雪どけをやって、うちの師匠や円生師匠がつくった負の遺産の、仲間内の清算はできたと思ってるの。
円丈　そう？
円楽　だって、もう揉《も》め事はやめようって話して、一緒に高座に上がったんだもん。あれで十分よ。今はちょっと滞っちゃってるけどさ。
円丈　うん、滞っちゃってるねえ。でも、とにかく、円生の名前はどうにかしないとね。誰かが継がないと、本当に誰も継がない名前になっちゃうから。それは絶対によくない。
円楽　一回表に出さなきゃね。せっかくの大きな名前が忘れられちゃう。
清麿　ほんと、そうですよ。もったいないですよ。
円楽　いっそ俺が継いじゃおうか。みんな死んじゃったら。
小遊三　あっはっはっは。円楽さん、世にはばかりそうだしね。

※

円丈　改めてこの本を読み返してみると、あれから三十何年経ってるから、ちくちく来るところがなくなって、読みやすくなったみたいな気がするね。

小遊三　そうですね、最初に読んだ時よりもはるかにおもしろい。何より心置きなく笑える。

円楽　円生、志ん朝、小さん、円楽、談志……。みんな死んじゃったしね。

清麿　だから、今読むとほんとに歴史って感じですよ。

小遊三　この本が出たのが一九八六年（昭和六十一）年だから昭和も終わる頃。

清麿　まさに昭和の落語史の決算報告みたいなもんですよね。

円楽　ひとつの歴史の、ひとつの方向からの見方だからね、それもいいんじゃない。何にしても、こうやって落語が話題になって、世間に広まっていきゃあいいんだよ。それで、落語に足を運ぶきっかけになったり、円生を聞きなおすきっかけになってくれたらいいよね。

清麿　生々しさがうまい具合に消えました。ワインみたいにちょっと寝かせて、いい感じに熟成された——

円丈　漬物みたいになってるね。やっぱり寝かせるのは必要だね。ほどよく漬かった噺家べったら漬け。かなり旨《うま》くなってるよ。

（二〇一七年十月二十九日、新宿にて）

ドキュメント　落語協会分裂から三遊協会設立の軌跡

昭和53年5月8日　落語協会理事会が開かれた。

（真打大量昇進問題と理事の交替について）真打問題は、円生、志ん朝が反対、談志は棄権。賛成多数で可決された。

前年の小さん一門忘年会で、談志が小さんに酔って冗談で「会長を譲れ」と言ったところ、おかみさんに、なぐられたそうだ。この一件がもめごとの一因と、楽屋雀は言っている。そのおかみさん、生代子夫人は同年一月亡くなられた。

5月10日　三遊亭円丈真打披露千秋楽。

円生が、12日に弟子全員集まるように指示。

5月12日　円生宅に円楽を除く弟子一同が集合。理事会の内容を説明した後、「私は協会をやめる。お前達全員、円楽の預かり弟子になり、協会に残ってほしい」と言ったが一同反対をした。

5月14日　仙台で円丈真打披露が行なわれた。会の後、円生は「あたしには策がある」と発言。円丈は兄弟弟子全員に電話をした。

5月15日　夕方、新宿の喫茶店に円楽を除く円生の弟子が集合。その後でさん生が円生のところへ事情を聞きに行ったが、話してもらえなかった。

夜、酔ってさん生が志ん朝に話を聞こうと思って電話をした。驚いた志ん朝は「お宅の弟子が動揺している」と円生へ電話。

5月18日　さん生、好生はそれぞれ円生宅を訪れ、一門を抜けて協会に残ることを告げた。後に、名前を返すことになり、さん生は小さん門下で川柳川柳、好生は正蔵一門で春風亭一柳と改名。

5月21日　金沢で円生と馬生が会談。

馬生は「もう少し若ければ……」と、脱会を断った。

5月23日　円生、小さんが椿山荘で会談。

小さん「白紙に戻して帰ってもらいたい」

円生「ここまで来たら、そういう訳にはいかない」

小さん「後日、顔を立てれば、戻ってくれるのか」と譲歩するが、交渉は決裂した。

5月24日

赤坂プリンスホテルで、「落語三遊協会」設立の記者会見が行なわれた。

記者会見語録

「真打には世間が納得する人物を出さなければだめです。勝算がなければ火蓋は切りません。寄席には根廻しをすませた」（円生）

「円生さんに世話になり、円蔵という名前をいただいているから自然の成り行き。記者会見なんてえのは大臣にならなきゃァ出来ないと思っていた。もうどうなってもいいよ」（円蔵）

「真打問題は円生師匠と同じ考え。後悔しないために渦の中に飛び込みました。兄貴（馬生）に相談すると気持がぐらつくと思ったので、事後承諾でした。あんちゃんごめんよと言ったら、一生懸命やれよと言ってくれました」（志ん朝）

「師匠が行くなら弟子としてあたりまえ、もともと反逆児的要素があるから」（円鏡）

記者会見の反応

「向こうでケンカを売ってきたようなもんだ」（小さん）〈落語協会会長〉
「すべてが洒落《しゃれ》であってくれと思っています」（馬生）〈落語協会〉
「これまでも馬鹿にされてきたけど、今度は死活問題だから徹底抗戦です。成田の学生を連れて来てもやりたい」（米丸）〈芸術協会会長〉

5月25日　新宿末広亭で席亭会議が行なわれた。

⑴分裂は困るので今まで通り落語協会と一本化しなければ受け入れない。

⑵一本化する為に落語協会と落語三遊協会の仲介の労をとり、円生会長に復帰することを勧める。

等を決定した。

「今度の問題は兄弟げんかみたいなもので、どちらにも言い分があるだろうけど、寄席四軒の顔を立てて元のサヤに収まって欲しい」（新宿末広亭席亭・北村銀太郎）

根廻しの段階で承知していた上野鈴本の席亭が円生宅へ席亭会議の報告と詫びの為訪れた。

5月30日　円蔵一門、志ん朝一門は落語協会に復帰を決定した。
志ん朝、円鏡がお詫びと復帰の報告の為円生宅を訪問した。

5月31日　円生宅へ、弟子、孫弟子一同集合。一門だけになったが、全員円生と共に脱会を決意。
国立小劇場「落語研究会」で、円生が一門の脱会届けを小さんに手渡す。

6月1日　席亭側が落語協会、落語三遊協会に呼びかけ、料亭「神田川」で調停会議が開かれたが、落語三遊協会はこれを拒否。落語協会からは小さん、馬生、三平、金馬、柳朝が出席した。
円蔵、志ん朝が「御迷惑をかけました」と陳謝。
「円生師匠の所へ行き、一緒に戻ろうとしたがだめだった。落語と面子のどちらが大事か聞いたら『両方大事だが、今は面子だ』という返事だった。今後協会内で辛いこともあると思うが、芸で勝負します」（志ん朝）

「復帰組を喜んで迎えるが、会の統率を乱した罰を考えている」（小さん）

「小さん会長にも責任の一端がある。それを問わないから、戻った者も元のままで戻してやれ」（北村銀太郎）

志ん駒は師匠馬生に黙って新協会に移ろうとした為に破門になり、志ん朝門下になったという噂が流れたが、馬生が「心配だから志ん朝について行ってやれ」と言ったというのが真相らしい。

6月14日　落語「三遊たっぷり会」が本牧亭で開かれた。本牧亭始まって以来の盛況で入場できずに帰る人が多数いた。

この会以後、渋谷パルコの西武劇場、名古屋、浦和ヴェルデ等各地で旗揚げ公演が開かれた。

昭和54年1月1日　円生の働きにより三日間、霊友会・小谷ホールで落語会が開かれた。

3月29日　歌舞伎座で円生独演会が開かれた。当時、円生はハード・スケジュールの為か胃潰瘍にかかっていた。

この会の後、前座の生吉が廃業。三遊協会から初の脱会者となった。

5月16日 日本芸術協会（現・落語芸術協会）の創設者、春風亭柳橋（6代目）死去。

6月19日 楽松の真打昇進記者会見が開かれた。三遊協会から初の新真打が誕生することになった。

8月1日 円生、円楽が小さん、鈴本席亭と共に新宿末広亭の席亭を訪問。商売は別でも、祝い事や法事等の付き合いはしようということになった。

9月3日 円生が千葉県・習志野のサンペデックで開かれた後援会発会式で倒れ、午後9時35分死去した。

9月4日 三遊亭円生通夜。

9月6日 円生の密葬が身内だけで執り行なわれた。

9月9日 楽松改メ鳳楽の真打昇進披露が帝国ホテルで開かれた。

9月12日　三遊亭円生告別式が青山葬儀所で行なわれた。
　この頃から内部の対立が進行していったようだ。

9月17日　円楽が小さん宅を訪問。二人の会談の内容は伝わっていない。

10月25日　円楽一門を除いた円生一門が、円生宅に集合し、落語協会への復帰を相談する。

11月25日　円楽が愛知県江南市の落語会で、「師匠は喧嘩したが、我々は関係ないじゃ通らない。あたしは絶対に協会には戻りません」と復帰拒否宣言。

11月29日　円生夫人、復帰組と円楽一門の対立が表面化。
「円楽は葬式に出て来たきり、線香一本あげに来ない。一度電話があった時に『クソババァ』と言ったり、『(三遊協会の処理について)勝手にやれ』とツレない」(円生夫人)

12月20日　復帰組が小さん宅を訪問。翌年二月上席から正式に落語協会への復帰が決定した。

昭和55年2月1日　円楽一門が大日本落語すみれ会を設立。
5月11日　橘家円蔵（7代目）死去。
9月20日　林家三平（初代）死去。
12月4日　円生夫人の仲介で、円楽と復帰組の和解が成立。
昭和56年3月8日　落語協会の真打昇進披露パーティーがホテル・オークラで開かれた。彼らは試験による最初の真打である。
6月9日　春風亭一柳が自殺。ノイローゼだったらしい。
昭和57年1月29日　林家彦六（8代目林家正蔵）死去。
9月13日　金原亭馬生（10代目）死去。
昭和58年5月　芸術協会が上野鈴本から撤退。

6月　立川談志一門が落語協会を脱会。

10月5日　新宿末広席亭・北村銀太郎死去。

昭和60年3月　円楽が寄席「若竹」を開く。以後、円楽党・すみれ会の拠点となる。

（以下、文庫版補遺）

昭和61年4月（1986年）　円丈、『御乱心』を出版。

昭和62年　落語協会の真打昇進試験制度が廃止される。

平成元年11月25日（1989年）　「若竹」閉館。

平成13年10月1日　古今亭志ん朝死去。

平成14年5月16日　柳家小さん（5代目）死去。

平成18年4月29日　三遊亭円弥死去。

平成19年10月　三遊亭円好死去。

平成20年　円楽が自身の一番弟子・鳳楽に七代目円生の名跡を継がせる意向を示したことから、円生門下の円窓、直弟子の円丈が、円生襲名に名乗りを上げる（円生襲名問題）。

平成21年10月29日　三遊亭円楽（5代目）死去。

平成22年3月1日　三遊亭楽太郎が、6代目円楽を襲名。

平成23年11月21日　立川談志死去。

平成26年3月　6代目円楽と円丈が、合同落語会「三遊ゆきどけの会」を立ち上げる（平成28年からは「三遊落語祭」）。

平成27年9月3日　円生襲名問題、候補3名が白紙撤回。

10月7日　橘家円蔵（8代目／5代目月の家円鏡）死去。

登場落語家一覧 （2018年現在）

●三遊亭円生一門 ⇒ P10一門図参照

●三遊亭円歌一門

三遊亭円歌（3代目） 前名は歌奴。1958年真打昇進、1970年円歌襲名。2017年没。
三遊亭金馬（4代目） 3代目金馬に入門。1958年真打昇進。1967年、金馬を襲名。

●柳家小さん一門

柳家小さん（5代目） 円生の後の落語協会会長。1995年人間国宝。2002年没。
柳家小せん（4代目） 5代目小さんの惣領弟子。2006年没。
立川談志 1983年に落語協会を脱会、小さん一門を離れ立川流家元になる。2011年没。
柳家小三治（10代目） 落語協会会長を経て現顧問。2014年、師小さんに続き人間国宝。
入船亭扇橋 円生が会長在任中に真打昇進を認めた3人のうちのひとり。2015年没。
鈴々舎馬風（5代目） 前名・柳家かゑる。1976年馬風襲名。現落語協会最高顧問。
柳家三語楼（3代目） 5代目柳家小さんの長男。2006年、6代目**小さん**を襲名。
柳亭金車 1978年3月、円丈と同時に真打に昇進し、前座名小丸から金車に改名。
柳亭小燕枝 小よし、小三太を経て、1980年、真打昇進時に小燕枝を襲名。
柳家さん八 談志門下から小さん門下へ。1971年二ツ目昇進でそう助からさん八に改名。
夢月亭歌麿 1978年、柳家雪之丞から夢月亭歌麿に。1989年、真打昇進で**清麿**に改名。

●古今亭志ん生一門

古今亭志ん生（5代目） 8代目桂文楽と並ぶ昭和落語界の雄。1973年没。
金原亭馬生（10代目） 5代目志ん生の長男。分裂騒動時には協会に残留。1982年没。
古今亭志ん朝（3代目） 5代目志ん生の次男。分裂騒動時は新協会に参加。2001年没。
古今亭志ん馬（6代目） 代数は諸説あり。1966年真打昇進時に志ん馬襲名。1994年没。
古今亭円菊（2代目） 1966年真打。手話落語を創案したことでも知られる。2012年没。
古今亭志ん駒 分裂騒動時は馬生門下から移籍し、志ん朝と行動を共にした。2018年没。
古今亭菊弥 古今亭円菊門下。1988年、真打に昇進し、**志ん弥**に改名。
金原亭伯楽 10代目馬生の一番弟子。1973年真打。1980年、桂太から伯楽へ改名。
五街道雲助 10代目馬生門下。前座名・金原亭駒七。1972年二ツ目、1981年真打昇進。

●橘家円蔵一門

橘家円蔵（7代目） 桂文雀、柳家治助、4代目月の家円鏡を経て橘家円蔵。1980年没。
月の家円鏡（5代目） 1952年4代目円鏡に入門。1982年8代目**円蔵**襲名。2015年没。
林家三平（初代） 7代目林家正蔵の長男。父の死後4代目円鏡門下に移籍。1980年没。
林家こん平 1958年、初代林家三平に入門。『笑点』大喜利メンバーとして長く活躍。

●林家正蔵一門

林家正蔵（8代目） 林家正蔵を一代限りで襲名。1981年**林家彦六**に改名。1982年没。
春風亭柳朝（5代目） 8代目林家正蔵（林家彦六）一門の惣領弟子。1991年没。
林家照蔵 8代目林家正蔵の6番弟子。1979年真打昇進、3代目**八光亭春輔**を襲名。
春風亭小朝 5代目春風亭柳朝の2番弟子。入門10年目の1980年、36人抜で真打昇進。

解説

『御乱心』再読

——時が作りあげたもの——

夢枕 獏

『御乱心』は読みましたよ。

もちろん読みました。発売されてすぐ。だから、三〇年とちょっと前に読んでいる。僕が三十五、六歳の頃だ。

読んで震えた。

いいのか、こんなこと書いちゃって。

昭和五十三年に起こった〝落語協会分裂騒動〟について、それから八年後に、三遊亭円丈師匠が書いたのがこの『御乱心』である。

内容は、三遊亭円生師匠が、一門を引き連れて落語協会から脱退しようとする話である。

それを、円生師匠の弟子であった円丈師匠が、その騒動の中心近くから見たこと、体験したこと、思ったこと、感じたこと、考えたことを、ほぼそのまま書いたのが本書である。

「本編に書いた九十五パーセントは事実だ。そして四パーセントはこまかい言い廻しや、構成順序でのわずかな違いだ。そして残る一パーセントにギャグを入れただけだ」

と、御本人が「まえがき」に書いている。

本来、文庫の解説には、本の内容についてあれこれ書いたりするものなのだが、しかし、その細かい内容については、とてもここには書けないし、また、書くべきではないとも思っている。

では、何故ぼくが今、ここにこの本の解説を書いているのか。

落語が好きで、母方の爺《じい》さんが東家清楽《あずまやせいらく》という落語家だったのだが、落語について特別くわしいというほどの知識の持ち合わせもない。落語家の友人もいて、押しかけで落語台本などを書いたこともあるが、それは好きでやったことであって、月に何度も寄席《よせ》に通っている通《つう》でもない。

そういう人間が、どうして、ここにかような文章を書くに至ったか。そのいきさつについては書けるだろう。

ことの発端は、昨年（二〇一七）の夏頃であったか、友人のワカちゃんから電話があったことである。本名若林太郎――だからワカちゃん。

彼は、もともとは、さる大手広告代理店に勤めていたのだが、その安定した職を捨てて、格闘技の世界へ身を投じてしまった人物である。と言っても、選手ではなく裏方の方。

主だったところでも、リングス、K－1、修斗《しゅうと》と、様々な格闘技団体の裏方をやって、時には自ら仲間と団体を立ちあげたりもした。

企画を立てたり、レフェリーをやったり、マッチメイクもして、何でもやって、格闘技の世界を、内側から眺めてきた男である。

そのワカちゃんが、ある時から、芸能の世界に足を踏み入れて、落語や講談のCDやDVDを作るようになった。そんなわけで、ワカちゃんに声をかけられて、彼の関係するイベントに出て、時に何かしゃべったりするようなこともあったのである。

ワカちゃんは、ぼくに電話してきて、

「三遊亭円丈師匠の『御乱心』をもう一度、本にしたいんですけど、どこか出してくれそうな出版社はありますか」

こう言うのである。

ワカちゃんが、このところ、円丈師匠の仕事をやっていることは、知っていたのだが、まさか、こういうことになるとは――

すでに書いたように、ぼくは『御乱心』を読んでいたし、その本が世間と落語界に与えたインパクトも、多少は承知している。

直感的に、イケるのではないか——そう思った。

「本にしてくれるところがあれば、『御乱心』が出たあとに、どのようなことが起こったのかも、書き下ろしで書き加えると、師匠は言っているんですけど——」

「いや、それはすごいことだねえ」

僕は正直な感想を口にした。

これはおもしろい。

おもしろいが、しかし、それはぼくが部外者だからであって、関係者やその身内の方々にとってはどうなのか。

「どこか、出版社を紹介していただけますか——」

うーん。

迷いはしたが、答はひとつだ。

「わかりました」

ぼくは、そう答えていた。

「知っている出版社に声をかけてみますが、幾つかお願いがあります」

「何でしょう」

「まず、元本の版元である主婦の友社に連絡をとって、この話をしてみて下さい。もしも、主婦の友社が、『御乱心』を再刊するということであれば、ぼくがわざわざ出版社に声をかけるまでもないでしょう。再刊しないのであれば、他社で本にしてもよいという許可をもらって下さい」

「了解です」

「それから、もう一度出版すると言っても、たぶん、文庫の方が話を進めやすいでしょう。文庫でもかまいませんか——」

「もちろんです」

「もうひとつ。今、引っ越しの準備で、書棚がぐちゃぐちゃになっていて、『御乱心』を捜し出せそうにありません。一冊おくっていただけますか」

「わかりました」

　ということで、最初の電話は、終ったのであった。

　しばらくして、再びワカちゃんから連絡が入った。

「主婦の友社から許可をいただいたので、どこの出版社に話をしてもＯＫです」

「では、三カ月ほど待って下さい」

「三カ月ですか？」

「本にするか、しないか、決まる時はその場ですぐ決まったりしますが、ぼくが声をかける編集者が、『御乱心』を読んでいない可能性があります。それを読んでもらって、上司におうかがいをたてて、返事がもどってくるまで、それくらいは必要になると思います――」

編集者は、いそがしい。

週刊誌、月刊誌をやっていれば、日々、そのローテーションの中でいっぱいいっぱいで動いているので、横から入ってきた本を読む時間を、その中で捻出《ねんしゅつ》するのがむずかしいのである。

それから、これは言っておかねばならないことがひとつあった。

それを、ぼくは口にした。

「ぼくは、他の人からあずかった原稿を、編集者に読んでもらうところまでは、協力できますが、本にしてもらえるかどうかはまた別の話ですよ」

これはあたりまえのことだ。

もう四〇年以上、原稿を書く仕事を続けているので、知り合いの編集者も多く、あずかった原稿を読んでもらうくらいまではできるのだが、その原稿が本になるかならないかは、あくまでその原稿の力によるのは言うまでもない。

しかし、『御乱心』には、その力がある。

久しぶりに、『御乱心』を読んで、そのおもしろさで多少興奮していたぼくは言った。

「本になることが決まったら、ぼくが帯の推薦文でも、解説でもなんでもやりますから——」

不思議な勢いのようなものに押されて、ぼくもそこで足を踏み出してしまったのだった。

再読して、あらためて、これはとんでもない本であるとの認識をさせられていたところであり、今だからこそまた、世に出てもいい本なのではないかと思ったのである。

さっそく、出会った順に、B社、K社、S社の編集者にこの話を伝えた。

三社にほぼ同時にこの話をしたのは、あまり時間をかけたくなかったからだ。普通、こういう時は一社ずつに話をする。ある社に話をして、だめだったら次の社にお願いをして、そこもだめだったら、さらに次の社にお願いをする。そうすることが筋なのだが、それだと結論が出るまで、一年かかることもありそうであった。今回の場合は、無名の方の原稿をあずかったわけではない。新作落語でひとつの時代を築いた三遊亭円丈師匠の本である。一年もお待たせするわけにはいかない。できるだけ、短い時間で答を出すべきであろうと思ったのである。

「たいへんもうしわけないのですが、何社か同時に声をかけております」

と、お願いするおり、各出版社に伝えたのは言うまでもない。

そういう時に、小学館の方と食事をする機会があって、その時にこの話をしたら、

「うちでやりましょう」

その場で即決。

あっという間に話がまとまってしまったのである。

しかも、それは、その小学館の方が本を読む前だ。

「いいんですか」

と、ぼくは言った。

「いいんです」

と彼は言った。

「おもしろいことは、ぼくが保証します。しかし、たいへんアブナイ本で、今、小学館で落語の企画があったりすると、場合によったら、それが潰れてしまう可能性もゼロではありません」

「だいじょうぶです」

「でも、まだ、その本読んでいないんでしょう。お立場上、一編集者がやりますというのとは違うんですから、それで返事をしておいて、あとでなかったことにしてくれというようなことになっても……」

「だいじょうぶです」

実に太っぱらな答なのであった。

「そのかわり、解説、帯文、やってくださいね」

「もちろんです」

勢いで、ぼくもそう言ったのは間違いない。

しかし、いずれにしても、その小学館の方に本を読んでもらい、担当編集者を決めてもらって、その編集者にも本を読んでもらわないことには、話が前に進まない。

それらがまとまって、ようやくワカちゃんと担当編集者をひき会わせることができたのは、秋になってからである。

その現場にも、ぼくは立ちあったのだが、決まってみると、今度は、ぼくがびびってしまったのである。

『御乱心』が文庫になって、解説をぼくが書く時、いったいどう書けばよいのか、という問題に今度はぼくが直面することになってしまったのである。

〝いまだ毒あり、『御乱心』〟

ぼくの頭の中にあったのは、そういう言葉であった。

三〇年余り前に、『御乱心』が世に出た時、世間はおおいに驚き、関係者は怒り、そのうちのある人はその怒りをあらわにし、別のある人は無視をした。

困った人もいたであろうし、公にはロにできなくともおもしろがったうちわの方もいたであろう。

世の中には、いくつか、

「そこまで書かなくて(言わなくても)いいんじゃないの」

という、暗黙の約束の如《ごと》きものがある。

ひとつは、お金の話。

たとえば、お祝いごとがあって、関係者が御祝儀を持ってくる。

その時、もらった人は、誰それは幾らくれた、誰それは幾らであったとは、普通は口にしない。それを書いちゃった。

そのお金の額によって、自分が、お金を出した人にとって、どの程度の重要人物であるかが判断されるというわけであり、そういった自身の心情についても、きちんと書かれているのである。

もちろん、その二十万円をくれた裏も考えてみた。今の内に手なずけておこうとか、将来もし、売れた時に何らかの発言力を残しておく為のカケ捨ての保険にかけるようなつもりとか、また純粋に弟弟子だから可愛いとか、あったのかも知れない。実際はそれらや、他の要因が足し算され、引き算された全体の金額に彼の収入を示す収入定数Xをかけた結果、答えとして二十万という数字がハジキ出されたのだろう。それは打算にせよ、純粋な気持にせよ、俺の潜在能力とか、俺自身の存在に二十万の価値があると踏んで出したのだ。

すごいでしょう。本書には、このように、円丈師匠が真打ちになり、ぬう生から円丈を襲名したおりの、そのお祝いのお金について、くれた人の名前や金額をみんな書かれてしまっているのである。

本書を読んでからこの〃解説〃を読まれているのなら、もう、誰がこの二〇万円をくれたのかおわかりであろう。

先代の三遊亭円楽師匠である。

そしてまた、別の場所では、次のようにも書かれている。


その後、円生がトイレに立ち、弟子だけになった時、円楽が急にマジな顔をして、

「あのネ。俺は今回のコトは、大変ありがたいと思って感謝してるんだ。みんなもねェ、感謝するって気持を持たなきゃダメだヨ。以前仲間で俺のコト、バカにした奴がいた。俺は思ったネ。

〃今に見てろ、必ずてめえを追い抜いてやる〃そう思って一生懸命やってたら本当に抜いちゃった。そこで俺はそいつに感謝したねェ。あん時俺のことをバカにしてくれたから俺はこうなれたとネ。

俺なんか試練が大好きなんだ。今回もこりゃ天が与えて下すった試練だと思えばありがてぇんだ。天に感謝しなくちゃいけない」

俺は思わず〝てめェが天か！〟と言い返してやりたくなった。自分の犯した失敗を天のせいにし、まだ威張ってる。一体、どういう神経してるんだろう。俺は自分の子をこんな大人にしたくない。自分の過ちをゴメンと言える素直な大人に、ワナをかけない立派な大人に育てたいと思った。

このような文章が、全編にちりばめられているのである。

しばらく前に〝書くべきではない〟と書いておきながら、いつの間にか、本書の内容についてここで書いてしまっているわけだが、これは、いずれも円丈師匠にとっては、九十五パーセントの事実であろうと思う。しかしながら、世の多くの人は、そして円丈師匠もわかっていることであろうと思うが、これはあくまでも円丈師匠から見た事実である。別の方角から見れば、また、別の事実がある。

たとえば、茶碗を横から見れば三角形だが上から見れば円形をしているのと同じで、どちらが嘘《うそ》でどちらが本当というものではない。三角形も円形も、同じ茶碗に存在するふたつの事実なのである。

先代円楽師匠に限らず、他の方々には他の方々の事実と、それぞれの思いが存在す

いわゆる暴露本などではないということだ。

今回再読して思ったことは、これは巷《ちまた》にあふれる、いわゆる暴露本などではないということだ。

書かない方がいいという判断は、当然、著者の心にもあったはずだ。それでも書いた。二十九歳の若者が出会ったこと、直面したことについて、その若者が、悩み、苦しみ、八年過ぎた後でも忘れられず、これを書かないうちは、もう、前に進めないという、そのようなぎりぎりの状況が間違いなくあったと思われるのである。書かずには、自分を救えない。その思いがじんじんと伝わってくるのである。様々な思いの果てに、苦しくて苦しくて、そこから抜け出すために、人は、書くのである。誰かをおとしめたり、金もうけが目的の凡百の暴露本と、本書が一線を画しているのはそこだ。

したがって、本書は、恨みつらみはあったとしても、書くことによって、誰かを悪人にしたてあげ、自分だけはかっこよくという意図のもとに書かれたものではない。ただ、どれほど、客観的に書こうとしても、自然に、人は自分をよく書いてしまう。それは、ぼくはよく知っている。自分自身が、四〇年書いてきて、それはそういうものだとわかっている。どれほど自虐的に自分のことを書こうと、そこで、受けをねらっていたり、何か他のヨコシマなことを、ついついその裏に隠していたりする（ああ複雑）。

ころなのである。

だから、本書の中に、

「俺もセコイ！　どうやら俺の泣き所は金に弱いという点にあるようだ。」

と書いてあっても、これをどう読み手が考えるかというのは、実に、むずかしいところなのである。

しかし、であるからこそ、本書は、いかようにも深読みが可能な傑作なのである。登場人物いずれも、小説のように、いや、小説以上にキャラが立っている。生き生きとしてそこに存在している。ただ、体験したことを書くということだけでは、とてもここまでのものは書けない。

三遊亭円丈は、おそるべき天才である。

一方の極に、又吉直樹の『火花』があるなら、もう一方の極に、三遊亭円丈のこの『御乱心』があると言っていい。

円生師匠の元を去って、落語協会へもどりたいと、円生師匠の前で、円丈師匠が告白するシーンは凄《すさ》まじい。

円生師匠とおかみさんから、「恩知らず」と罵倒され、結局、円生師匠についてゆくことを告げるところは、もはや、事実関係や真実すらも越えて、読みものとして圧巻である。

本として、すぐれた作品となっている。

ひとつには、三〇年という時が過ぎて、まったく同じ作品なのに、角がとれて、スキャンダラスな側面も減って、文学としてこの『御乱心』が成立してしまっているのである。しかも、毒もまだ残っている。時として時間が、このような魔法と奇跡を生むのである。ぼくは、もともと、大衆文芸の書き手であり、めったに、文学などという言葉は書かないし、それを書くのは恥ずかしい。しかし、ここでもう一度書いておけば、今日、この『御乱心』は、文学としても読めるし、芸人の世界が、八つぁん、熊さんの世界のこととして、おもしろく、楽しく読めるものにもなっているのである。

しかし、しかし、しかしながら、問題はあった。

それは、しばらく前に記したように、ぼくがこの文庫の「解説」を書くかどうかということである。

落語家の友人も何人かいるし、この「解説」を書くことによって、何かが生じて、せっかく楽しくやってきた関係に、何かあっても困るし、寄席に行って、誰かに睨《にら》まれたりするのも、ちょっとなあというところで、ぼくがびびってしまったというのはそういうことなのである。

この『御乱心』が、再び世に出るだけの力を持った作品であるのは、言うまでもないのだが、一方的にこの本の中で語られている方々や、その仲間の方たちの心情を思う時、ううむと迷ってしまうところがあったのである。すでに語られた方々の何人かは、鬼籍《きせき》に入っているが、だからよいというものでもない。

ぼくが考えたのは、たとえば現三遊亭円楽師匠が、

「もう、いいんじゃないの」

と言ってくださるようなことがあるのならば、それはひとつの認知として、ありうるのではないかということであった。

具体的に言うならば、円楽師匠がこの本の帯文を書いてくれるとか、どこかの雑誌で円丈師匠と対談でもしてくれるというようなできごとがあるならば——それだったら、心おきなく、この本の解説文も書くことができると思ったのだ。

このことについて相談をしたワカちゃんも、落語家の友人である林家彦いち師匠も同じ意見であった。

担当編集者にぼくは言った。

「そういうことが実現するのであれば、解説であろうが、書評であろうが、喜んで書かせていただきます」

そうしたら、なんと、それが実現してしまった。

本書に収録されている〝〈御乱心〉三遊鼎談《ていだん》〟という、まことに粋なタイトルの鼎談がそれである。

三遊亭円丈師匠、三遊亭円楽師匠、三遊亭小遊三師匠がここにそろい、夢月亭清麿

師匠が進行役という、まことにまことに絶妙の、奇跡のような鼎談が、掲載されているのである。

なんと、凄いことがおこってしまったのか。

ああ、時の魔法に幸あれかし。

こんな歴史的な物語の現場にはぜひ立ちあいたかったのだが、鼎談当日は、秋田で仕事があっていけなかったのが、ぼくの心残りである。

ああ、落語家って、すごい。

（ゆめまくら・ばく／作家）

本書のプロフィール

本書は、一九八六年に主婦の友社より刊行された『御乱心』を改題し、加筆・修正を施したうえ、まえがき、あとがきの新たな原稿と、語り下ろしの鼎談、および解説を加えて文庫化した作品です。

小学館文庫

師匠《ししょう》、御乱心《ごらんしん》！

著者　三遊亭円丈《さんゆうていえんじょう》

二〇一八年三月十一日　初版第一刷発行
二〇二三年四月三日　第四刷発行

発行人　石川和男
発行所　株式会社 小学館
〒一〇一-八〇〇一
東京都千代田区一ツ橋二-三-一
電話　編集〇三-三二三〇-五一三四
　　　販売〇三-五二八一-三五五五
印刷所——中央精版印刷株式会社

ISBN978-4-09-406499-5